僕と先輩のマジカル・ライフ

はやみねかおる

角川文庫 14514

僕と先輩のマジカル・ライフ

CONTENS

目次イラスト／ゴツボ×リュウジ
目次デザイン／関　善之 for VOLARE inc.

OPENING

Q1：幽霊を信じますか？

Q2：超能力を信じますか？

Q3：UFOを、宇宙人の乗り物だと思いますか？

——いきなり、こんな質問をされたら、あなたは、なんて答えるだろうか？

「幽霊は信じないけど、超能力はあるんじゃないかな？」

「わたしは、幽霊も超能力も信じるわ」

「宇宙人？　いるよ。なんなら、彼の住民票を見せようか？」

——いろんな答えが返ってくると思う。

　でも、たいていの人は、

「なんなの、この質問？　ああ、オカルトとか超常現象っていう、あれね……」

　って、傍点付きの『あれ』を使って答えてくれるだろう。

　そう。科学では説明できないような、常識を超えた現象に接したとき、たいていの人は、眉《まゆ》をひそめるものだ。

また、そうじゃなくちゃいけない。

ぼくだって、そうだ。

「幽霊を信じますか?」

そう訊《き》かれたら、

「幽霊?――なにバカなこと言ってるんだ。それより、新聞を読みなさい」

こう答えるだろう。

信じているとか、信じていないというレベルの話ではない。

超常現象なんて、一般の人間にとっては、あくまでも『あれ』なんだ。

正直に言って、ぼくは超常現象について詳しくない。どのような研究調査が行われているか、これまでにどのような学問的成果があったのか、知らない。こんなぼくが、超常現象を否定も肯定もできない。

ただ、感情的に言えば、信じていないし、信じたくもない。超常現象を信じるということは、今までのぼくの生き方――真面目にコツコツ努力することを大切にしてきた生き方が、ガラガラと崩れてしまうような気がするからだ。

ぼくは、自分の常識と平凡な生活を守りたいんだ!

ふぅ……。

もう少し、肩の力を抜こう。

なんだか、力一杯、愚痴を言ってしまったようだ。

人生は、前向きに明るく生きていくことが大切だと考えている。反省しよう。

愚痴を言う暇があったら、物語を始めよう。そうすれば、ぼくの気持ちが少しはわかってもらえるだろうから。

最初のシーンは、大学に受かったぼくが、どうして今川《いまがわ》寮に入るようになったか、そのいきさつから書くのがいいだろう。

毎日を後悔することなく、一生懸命生きているぼくだが、もし時間を巻き戻せるのなら、もう一度、このシーンからやり直したいって思う。

そう、ぼくは今川寮に近づくべきじゃなかったんだ……。そうしたら、あの人に会うこともなく、ぼくの学生生活もまったく違ったものになったことだろう。（ああ、また愚痴っぽくなってしまった……）

第一話　騒霊

ぼくの名前は井上快人《いのうえかいと》。

中肉中背で、銀縁眼鏡をかけている。卵形の顔に、七三わけの髪型。他には、これといった特徴のない男だ。

それでも、あえて特徴をあげるとするなら、とても真面目な男だということだろう。

こう書くと、幼なじみの春奈《はるな》は、

「真面目で、おもしろみのない変人よ」

って追加訂正してくる。うるさい奴だ。

確かに、おもしろみのない人間だということは認めよう。だが、まわりの人間から、おもしろい奴だと思われなくてもいい。ぼくは、真面目な人間でありたいんだ。

年齢は、十八歳。

この春から、M大学文化人類学科の一年生になる。

将来、民俗学を研究したくて、文化人類学科のある、地元の国立大学——M大学に進学した。

「快人、大学行くの？　じゃあ、わたしも行こうっと！」

こう気楽に言って、ぼくと同じようにM大学へ入ったのが、川村《かわむら》春奈だ。

春奈とぼくは、幼なじみだ。でも、まさか大学まで同じところへ行くとは思わなかった。

高校時代、自分で言うのもなんだが、ぼくは努力した。

ぼくの成績は、真ん中より少し下。M大学へ入るのは、かなり難しかったのだが、頑張って頑張って、なんとか合格することができた。

『四当五落』という言葉を、知ってるだろうか？　祖父に聞いたのだが、睡眠時間を四時間にまで削って勉強した者は合格し、五時間眠った者は落ちるという意味だそうだ。だから、ぼくは毎日三時間の睡眠で受験勉強に励んだ。

でも、春奈は、

「十時間以上寝ないと、お肌が荒れちゃうじゃない」

って言って、たっぷり眠っていた。

「よく寝た方が、頭の回転が良くなるでしょ」

そして、楽々とM大学に合格した春奈は、『五落十当』という言葉を発明した。

別に、春奈の方が、ぼくより頭がいいとは思わない。でも、要領がいいことは確かだ。

ぼくは性格的に、テスト範囲すべてを勉強して理解しないと気持ちが悪い。もちろん、そんなことは不可能だってわかってるんだけど、やらないと気持ちが悪い。春奈は、そんなことをしない。大事だと思ったところを、ちょこちょこっと勉強するだけだ。

そんな勉強の仕方で、合格できるのかって？　それが、できるのだ。

というのも、春奈は本物の霊能力者だからだ。

——今の一文を、しっかり読んでもらっただろうか？　読み飛ばされた心配があるので、もう一度、書いておこう。

春奈は、本物の霊能力者だ。

そのせいか、とてつもなく勘がいい。試験のヤマなんか、百パーセント確実に当てることができる。

ぼくが、走ったり本を読んだりするのと同じように、彼女は霊視したり予知夢を見たりすることができる。

「犬は、尻尾《しっぽ》を振ることができるでしょ」

以前、春奈に言われた。

「でも、人間は尻尾を振れないでしょ」

ぼくは、うなずく。確かに、ぼくは尻尾を振れない。

「わたしが霊視できるのは、それと同じようなものね。わかった？」

ぼくは、わかったようなわからないような気分で、

「わん」

と、答えた。

ぼくが、春奈の能力《ちから》に気づいたのは、保育園のとき。それは、まったくの偶然だった。

（今思えば、ぼくにとって実に不幸な偶然だった）

現在の春奈は、霊能力を持ってることを別に気にしてないけど、当時は違った。

霊能力のことを知られてしまった春奈は、泣きベソをかいて、ぼくに言った。

「霊が見えたりする子って、気持ち悪いでしょ」

そのときのぼくは、春奈を慰めようとか、いい恰好《かっこう》をしようとか思わずに、自然に答えていた。(今思えば、痛恨の一言だった)

「いろんな奴がいるよ。いちいち自分を他人と比べてたら、疲れるだけだ」

——それ以来、春奈は、ぼくになついている。

でも、まさか大学まで一緒になるとは思ってなかったな……。

M大学への進学が決まって、ぼくは家を出た。

通学しようと思えば、できなくもないのだが、同級生の中には自分で働いて金を稼いでいる者もいる。なのに、親の許《もと》で温々《ぬくぬく》と食べさせてもらい学校へ行かせてもらうというのは、自分の信念に反する。

「仕送りはいらないよ。自分の力でなんとかするから」

ぼくは、胸を張って両親に言った。

これは、人生に於ける『痛恨の一言集』を作るとしたら、巻頭カラーを飾れる言葉だ。

この言葉が、後々、ぼくの大学生活すべてを支配することになる。

自分の力でなんとかする——こう書くと恰好いいが、大学一年生の世間知らずに、いったいどれほどの力があるというのか？

希望あふれる春に、『信念では、ご飯が食べられない』ということを、ぼくは最初に学んだ。

下宿を探すため、M大学の学生課に行ったぼくは、現実の厳しさに眩暈《めまい》がした。

学生課の相沢《あいざわ》さん――冷たい感じのする美人が出してくれた『男子学生下宿リスト』には、家賃四万円以上の物件が、きれいなカラー写真と一緒に紹介されていた。

しかし――。

ぼくの月収は、五万円の予定だ。家庭教師のバイトで、三万円。奨学金が二万円。

この中から、家賃として四万円を出してしまえば、どうなるか？　考えるまでもない。

ぼくは、相沢さんに恐る恐る言った。

「あのぅ……。もう少し、安い下宿はないでしょうか……」

相沢さんの目が、鼈甲縁《べっこうぶち》眼鏡の奥で光った。

「少し、お待ちください」

立ち上がった相沢さんは、奥の窓際のロッカーから、薄い黒表紙のファイルを持ってきた。『特別男子学生下宿リスト』と書かれている。

「なんですか、この『特別男子学生』って？」

ぼくの質問に、

「特別男子学生というのは、昔でいう貧乏学生のことです。ただ、貧乏学生というと、人権的にも問題がありますし、響きも悪いので、特別学生って呼んでいるんです」

相沢さんは、とっても慈悲にあふれた口調で答えた。

『BINBOU』という言葉——二つの『B』の音が、耳に痛い。

「特別男子学生っていうと、人権的に問題がないんですか？」

さらに訊《き》くと、相沢さんは、慈悲あふれる笑顔で、返事に代えた。

ぼくは、『特別男子学生下宿リスト』を開けた。

家賃や住所などが書かれたデータと一緒に、寮や下宿の写真が載っている。使われてる写真は、なぜかすべて白黒写真だった。

ペラペラとページをめくる。古本屋さんの百円均一の棚にある、『心霊写真スポット』とか『廃墟《はいきょ》写真集』という本を思い出した。

そんな中、一つだけ、わりと普通の写真があった。

今川《いまがわ》寮——築二十年。四畳半一間。共同炊事場、共同トイレ。風呂《ふろ》なし。

何より目をひいたのは、家賃が一万円ということだった。これ以上に安い下宿は、一軒しかなかった。（でも、その家賃九千円の寮は、今年いっぱい、怪談映画のロケに使われるとのことで、入居は無理だった）

月収五万円のうち一万円を家賃に出せば、残り四万円。……四万円あれば、なんとか暮らしていける！……かもしれない。

ぼくは、相沢さんに、大家さんの連絡先を訊いた。

相沢さんは、電話番号と簡単な地図を、何も言わずメモ用紙に書いてくれた。

そして、メモを渡してくれるとき、笑顔と一緒に、

「気をつけて」

という言葉をくれた。

「どういう意味ですか？」

そう訊いたんだけど、慈悲あふれる笑顔を見せるだけで、何も答えてくれなかった。

今川寮の大家さん——今川健一《けんいち》さんは、『今川庵《あん》』という、うどん屋さんの御主人だ。

「井上君の実家は、I市か。なら、下宿しなくても、なんとか通えるんじゃないかい？」

ぼくと春奈の前に、湯《ゆ》呑《の》み茶碗《ぢゃわん》を置いて、今川さんが言った。それまで読んでいた競馬新聞は、丁寧に畳んで片づけられている。

昼食の時間帯が過ぎ、今川庵に、お客さんはいない。

壁には、『きつねうどん』や『伊勢うどん』などの品書きの他に、額縁に入った新聞記事や雑誌の切り抜きが貼られている。

店の中は、鰹出汁《かつおだし》の匂いでいっぱいだ。

「通えなくもないですが、一人暮らしをして頑張ってみたいんです」

テーブル席で今川さんに向かい合ったぼくは、胸を張って答えた。

「えらい、えらいねぇ！ 軟弱な学生が多い中、そういう話を聞くと、うれしくなるな」

今川さんの年齢は、六十歳くらいだろうか。細い目が、人の好《よ》さそうな印象を与える。

「本当に、今のM大生は気概がなくなったよ。OBとして、寂しい限りだ」

「今川さん、M大のOBなんですか」

春奈に訊かれ、今川さんが胸を張る。

「そうだ。貧困に喘《あえ》ぎながらも、熱き信念を持ったM大生だった。いや、わしだけじゃない。当時のM大生は、みんな燃える瞳《ひとみ》を持っていた。——井上君、きみの話を聞いて、久しぶりに、昔のことを思い出したよ」

今川さんが、ぼくの肩をバンと叩《たた》く。その口調が、熱を帯びている。今更、今川寮より家賃の高い下宿には入れないんですとは、言えない雰囲気。

遠い目をして、今川さんが話を続ける。

「チャレンジ精神！ これが、何より大切だ。——わしの若いときの話を聞きたいかね？」

結構ですって答えようと口を開いたときには、もう今川さんは話し始めていた。

「あれは、大学卒業のときだった。普通に就職するのではなく、わしは自分の力で事業を起こそうと思った。どんな事業でもいい。人に雇われるより、一国一城の主《あるじ》を目指したんだ。『鶏口《けいこう》となるも牛後《ぎゅうご》となるなかれ』という言葉を知ってるかな？」

　ぼくと春奈は、首を横に振った。

　少しがっかりしたような今川さん。

「とにかく、事業を起こすには資金が必要だ。そこで、わしはクイズ番組に応募した！」

　今川さんが、壁にかかった写真を指さす。

　若いときの今川さん（今より、髪の量が多くて黒い）が、テレビセットの中で万歳してる写真だ。司会者が、大きなパネルにした小切手を渡そうとしている。小切手には、『999、900』の数字。

「『がっちり貯めましょう！』ってクイズ番組を知ってるかな？」

　ぼくと春奈は、首を横に振る。

「三十年ほど前の番組だ」

　生まれる十年以上昔の話だ。

「出場者が、スタジオに置かれた商品の中から、いくつかを選ぶ。その金額が、百万円に近い者が優勝だ。集めたのと同じ金額が、賞金としてもらえる」

「百万円ぴったりだとダメなんですか？」

　話の流れの中で、何か言わないといけないような気がして、ぼくは訊いた。

「ダメだ！　いかに百万円に近づけるかで、勝敗がわかれる。わしは、九十九万九千九百円を集めて、優勝した！」

話の流れの中で、拍手しないといけないような気がして、ぼくと春奈は拍手した。

「その金を元に、わしは『今川庵』を開店した。腹を空《す》かせた貧乏学生に、少しでも安くうどんを食べさせてやりたくてな。順調に店は繁盛していった。そして、十年後、今度は宝くじが当たった！」

また、今川さんが壁を指さす。額に入った宝くじのコピーと、当選番号が載った新聞の切り抜き。

「だが、人生、良いことばかりではない！　その直後、今川庵は火事で焼けてしまった！」

今度、今川さんが指さした壁には、『未明の火事で全焼』という見出しの記事。

自分の店が焼けたという新聞記事を壁に貼っておく神経……なかなかシュールだ。

そのとき――。

「あんた！」

鋭い声が、厨房《ちゅうぼう》の方から飛んできた。

「早く、寮の説明をしてあげな。あんたの退屈な昔話で、学生さん、退屈してるじゃないか」

「はーい」

今川さんが、大人しく答えた。

「奥さんですか？」

春奈が訊くと、今川さんがうなずく。

「旧姓は白《ペク》。韓国へ旅行に行ったときに知り合ったんだ。こうして今川庵が繁盛してるのも、あいつのおかげだな。苦労のかけっぱなしで、頭が上がらないんだよ」

今川さんが、髪の薄い頭をなでる。その表情を見てると、奥さんのことが大好きなんだなって思う。

「本当は、もっと今川庵の歴史を聞いてほしいんだが、残念だ。下宿のことに、話を戻そうか」

とっても心残りという顔で、今川さんが言った。

ぼくは、相沢さんにコピーしてもらった今川寮の紹介ページを見せて、訊く。

「ずいぶん家賃が安いですよね」

「金のない貧乏学生を、少しでも助けてやろうと思ってな。うどん屋が本業で、下宿屋は副業。まぁ、ボランティアみたいなもんさ」

今川さんが、右手をヒラヒラ振った。

目を細める今川さん。血色のいい顔が、昔話に出てくる『心やさしいおじいさん』みたいだ。

ぼくの横にいた春奈が、ボソリと訊《き》いた。

「出るんじゃないの？」

途端に、今川さんの顔色が変わった。

「出、出るって、何が出るって言うんだい？」

そう訊き返す声が、微妙に震えている。血の気がひいた顔は、昔話に出てくる『意地悪じいさん』みたいだ。

「出るって言ったら、決まってるじゃない……」

上目遣いになった春奈が、両手首をダラリと下げ、「うらめしやぁ〜」ってポーズをとる。

「何を根拠に、そんなことを……」

声が裏返ってる今川さん。

さらに追及しようとする春奈を、ぼくは目で止める。

春奈のおかげで、子どものときから魑魅魍魎《ちみもうりょう》の類《たぐい》には慣れている。おまけに、ぼくは、それらのものを信じていない。

ぼくは、春奈の霊能力を信じている。確かに、春奈は霊能力を持っている。

春奈が、

「幽霊がいる」

って言ったときは、確かに幽霊がいるんだろう。

でも、ぼくは、この世に幽霊がいるなんて信じてない。

矛盾してるんじゃないかって？

うん、自分でもそう思う。でも、ぼくの気持ちもわかってほしい。

ぼくは、常識的な民間人だ。そのぼくが、春奈の霊能力を認めるってことが、どれだけストレスの溜《た》まることか……。（でも、子どものころから、あれだけの能力《ちから》を見せつけられてきたら、信じるしかないよな……）

魑魅魍魎や超常現象を信じないってのは、常識的な民間人としての、ささやかな抵抗だ。

信じないものは、存在しない！　存在しないから、怖くない！

ぼくは、自分に言い聞かせて、今川さんに笑顔を向ける。

「大丈夫です。ぼくは、慣れてますから」

すると、一瞬で、今川さんの顔色が元に戻った。わかりやすい人だ……。

「じゃあ、寮へ案内しよう。その前に、そのコピーを譲っちゃくれないか」

今川さんが、相沢さんがコピーしてくれた紙を指さす。

「いいですけど……」

すると、今川さんは、コピーを押しピンで壁にとめた。

不思議そうな顔をするぼくに、

「なぁに、験《げん》かつぎだよ。こうやっとくと、幸運がやってくるんだ」

今川さんが、微笑んだ。

そして、ぼくたちは今川寮にやってきた。

今川庵から歩いて十分。今川寮は、旧道沿いに建っていた。

目の前にそびえ立つ、今川寮。

客観的に見たら、ただの古い学生寮だけど、『大学に合格してハイになってる』というフィルターがかかったぼくの目には、白亜の御殿に見える。ベルサイユ宮殿って、こんな感じの建物なんじゃないだろうか？（ちなみに、ぼくはベルサイユ宮殿を、写真でも見たことがない）

木造モルタル二階建ての学生寮。ここで、これから四年間の大学生活が始まるんだ！

「春休みだから、誰も残ってないと思うけどね……」

今川さんが、寮の玄関——大きなアルミサッシの戸を開けた。

まず目に飛び込んできたのが、大量の靴やサンダル。

地震にあった靴屋さんみたいだ。いや、靴屋さんなら新品の靴ばかりだけど、今川寮の玄関に散らばってるのは、古い靴やサンダルばかり。

ここに泥棒が入ったとしても、絶対に盗む気にはなれないだろうな……。

今川さんは、それらの靴を無造作に足で除《の》けて、ぼくたちが靴を脱ぐ場所をつくってくれた。

春奈が脱いだピンクのスニーカーを見て、『掃き溜めに鶴』って言葉を思い出す。

玄関脇に、二階へ続く階段。その脇に、ピンク色の十円電話。

寮の奥に向かって、細長い廊下がついている。その右側に、ドアが五つ。

廊下の奥についている扉は、トイレだろう。

「一階に五部屋。二階に五部屋。全部で十部屋ある。三月に一人卒業していって、今は七部屋が埋まってる」

今川さんが、セロハンテープで表紙を補強したノートを開ける。

「空いてるのは、一階の奥の一〇五号室と、二階の二〇三号室と二〇四号室か……」

そのとき、玄関に一番近い部屋——一〇一号室のドアが開いた。

トランクス一枚の裸に綿入れ半纏《ばんてん》を羽織った、大きな男がノソッと出てきた。

黒縁眼鏡をかけた顔が、濃い髭《ひげ》で覆われている。まるで、熊だ。

「ああ、大家さん……」

今川さんを見て、熊のような男が、サッと手で顔を隠す。

「隠れなくてもいいよ、加藤《かとう》君。家賃の催促に来たわけじゃないから」

それを聞いた途端、熊のような加藤さんは胸を張った。綿入れ半纏の下から、盛り上がった胸の筋肉が見える。

「大家さん、ご安心ください。ぼくは、春休み返上でバイトに励んでますから。来週には、ちゃんと溜まった家賃を払います」

そして、春奈を見つけると、その巨体からは信じられないようなスピードで近づき、素早く手を握った。

「やぁ、新しい下宿人ですね。ぼくは、加藤茂《しげる》。みんなからは、シゲって呼ばれる農学部の二年生さ。よろしくね」

爽《さわ》やかな笑顔を、春奈に向けるシゲさん。

「よろしくね、下等《かとう》さん」

冷たい声で言い返す春奈。

「やだなぁ。加藤ですよ」

爽やかに訂正するシゲさん。

今川さんが、呆《あき》れた声でシゲさんに言う。

「加藤君。きみは、この今川寮が、男子学生寮だってことを知ってるよね。彼女が、新しい下宿人のはずないじゃないか」

ぼくは、すかさずシゲさんと春奈の間に割って入った。

「文化人類学科一年の井上快人です。よろしくお願いします」

ぼくの言葉を聞いて、さっきまで爽やかだったシゲさんの笑顔が、凶暴な獣の顔に変わった。小さいときに見た、『大魔神』って映画を思い出す。

一文字一文字、区切るように言うシゲさん。

「おまえに、用はない！」

ぼくは、うつむくしかなかった。

「加藤君、他の連中はどうしてるんだい？　春休みだから帰省してるのかな」

今川さんに訊かれ、シゲさんが答える。

「みんな残ってますよ。なんせ、春休みは稼ぎ時ですから。今、下宿にいるのは、おれと二《に》上《かみ》さんだけですけど」

シゲさんが、二階を指さす。

「バイト代で家賃を払ってくれることを、期待してるよ」

今川さんが、ポンとシゲさんの肩を叩《たた》いた。

もわっと、綿入れ半纏から埃《ほこり》が舞った。

ぼくは、今川さんがハンカチを出して手を拭《ふ》いてるのを見逃さなかった。

春奈が、ぼくの背後に近づき、囁《ささや》く。

「快人……本当に、こんな動物園みたいな下宿でいいの……？」

「井上君は、一階と二階、どっちがいいかな？」

……ぼくは、答えない。

大家さんに訊かれて、ぼくは考える。

何かあったとき逃げるのには、一階の方が便利だな。

「一階の部屋を見せてください」

廊下を進んだ中程――一〇三号室の前に、流しがあった。

「そういや、共同炊事場があるって話ですけど――」

ぼくは、リストの物件紹介に載っていた『共同炊事場』について訊いた。

「ああ、ここだよ」

今川さんが、流しの横を指さす。

そこには、小学校の理科室で見たようなガスコンロが置いてあった。

真っ黒で、いかにも『鉄』って感じのガスコンロ。

むき出しのガスホースが、カステラの箱のような物につながっている。

「使うときは、十円玉をこの機械に入れなさい。すると、ガスが出るから」

見ると、カステラのような箱の上部には、『十円』と書かれた切り込みがあった。

「ガス漏れには、気をつけるように。この建物は、建築科の学生が、あらゆるところを修理して、すきま風が入らないようになってるからね。下手にガス漏れしたら、死んじゃうよ」

今川さんの『死んじゃうよ』って言葉が、とても現実的《リアル》に聞こえた。

今川さんの後について、一〇五号室に入る。

ドアを開けたところが少しだけ板の間になっていて、その奥に四畳半。

壁は、ベージュ色の化粧壁。

「この部屋は日当たりもいいしトイレも近いし——一階の中では、一番良い部屋だと思うよ」

今川さんの説明を聞きながら、ぼくは窓のアルミサッシを開けた。

狭い庭があって、隣の民家のコンクリート塀がある。

寒いので、すぐに窓を閉める。

押し入れは、なかなか広くて使いやすそうだ。

今川さんが、チラッと腕時計を見る。

「そろそろ店が混んでくる時間だな。奥さんにも言われてるし、早く戻りたいんだけど……」

「ああ、すみません」

ぼくは、今川さんに頭を下げた。

迷ってる場合ではない。どうせ、ぼくの収入では、この今川寮以外に下宿先はないんだから。

今川さんの出した契約書にサインしようとした手が、ふと止まる。

「一つ訊いていいですか？」

「なんだね？」

「どうして、一階の一番いい部屋が空いてるんですか？」

「……」

答えが、ない。

そのとき、半開きにしてあったドアが、ギギギギィと開いた。

廊下の窓も、部屋の窓も閉めてある。当然、風に吹かれたってことはない。

なのに、ドアが開いた。

ぼくは、廊下に顔を出し、見てみる。

誰もいない。

ぼくは、春奈を見る。

春奈は、何も言わずに肩をすくめた。

冷や汗を流してる今川さんに、ぼくは訊いた。

「やっぱり、出るんですね」

「……」

答える代わりに、今川さんが、つばをゴクリと呑《の》む。

ぼくは、さらに思考を進める。

本当に、幽霊は出るのだろうか？　幽霊が出るとしたら、どこに出るのか？

今川寮は、どの部屋も家賃が安い。ということは、この一〇五号室だけに幽霊が出るということではない。

どの部屋も同じように家賃が安いということは、今川寮のどこにでも幽霊が出るってことだろう。

さて、その今川寮で、空いてる部屋が三つ。

一つは、今いる一〇五号室。

この部屋の上は、二〇五号室。

二階で空いてるのは、二〇三号室と二〇四号室。

ということは、二〇五号室の真下と、その隣の部屋が二つ空いてるということだ。まるで、二〇五号室に近づきたくないかのように、部屋が空いてるってことになる……。

ぼくは、今川さんの顔を覗《のぞ》き込むようにして訊いた。

「二〇五号室には、どんな人が入ってるんですか？」

「……」

今川さんは、答えない。

これ以上訊《き》いても、時間の無駄だろう。

ぼくは、大きく深呼吸すると、持ってるペンに力を入れて『井上快人』と書いた。続いて、判子。

今川さんが、ホッとした声で言う。

「はい、契約成立！　じゃあ、これ鍵《かぎ》とスペア。スペアキーは、彼女の方に渡した方がいいのかな？」

鍵を春奈に見せる今川さん。

手を伸ばす春奈。

ぼくは、電光石火のスピードで、スペアキーが春奈に渡るのを阻止した。

「これで、この部屋は、きみのものだから。今日から自由に使えるからね」

さっきまでと違い、ペラペラと今川さんの口が回る。

「きみも、いろいろと知りたいことがあるみたいだけど、無理しなくてもすぐにわかるよ。何か困ったことが起きたら、今川庵《あん》に来なさい。もちろん、食事に来てもいいよ。もっとも、今川寮の人間だからってことで、特別サービスをしたりしないけどね。——じゃあ、そういうことで！」

それだけ言うと、今川さんは急いで帰っていった。

春奈が、ぼくの背後に近づき、囁く。

「快人……本当に、こんなお化け屋敷みたいな下宿でいいの……？」

「……青雲の志《こころざし》」

ぼくは、そう呟《つぶや》いて、拳《こぶし》を握りしめた。

スカッという音が聞こえそうなほど、力が入らなかった。


まず、布団を手に入れないといけない。

暖かくなってきたとはいえ、まだまだ布団なしで寝られるほど、夜は甘くない。

「わたしの下宿に来たらいいのに」

春奈は『下宿』って言ってるけど、あの建物に、下宿という言葉は似合わない。

この春に完成した超高級女子学生向けマンション――『エクラタン』は、この今川寮とは全然違う。

掘っ建て小屋と、五つ星の超高級ホテルを比べるようなものだと書けば、少しはわかってもらえるだろうか？

春奈は、M大学の入試が終わった翌日に、引っ越しを済ませた。

もちろん、この段階で合格してるかどうかは、わかってない。「あら、たかがM大学に、このわたしが落ちるわけないじゃない」ってのが、春奈の言い分だ。

もちろん、ぼくは引っ越しを手伝わされた。「あら、合格発表まで不安な日々を送る快人に気晴らしをさせてあげようとする、わたしのやさしい気持ちがわからないの？」ってのが、春奈の言い分だ。

「ねぇ、わたしの部屋においでよ」

ぼくは、春奈の申し出を無視して、公衆電話から自宅に連絡した。今川寮に下宿することを決めたってこと。それから、布団を一組、宅配便で送ってほしいってことを。

これで、明日には、布団が手に入る。今晩だけは、新聞紙と段ボールで頑張ろう。

歯ブラシや下着などは、ボストンバッグに詰めて今川寮まで持ってきた。

あとは、当座の食料や調理道具を揃えないといけない。

ぼくは、ボストンバッグから財布を出し、買い物の準備をする。

近くに、大きなスーパーマーケットがあるので、そこへ行くつもりだ。

部屋に鍵をかける。当然のように、春奈もついてくる。

「帰らなくていいのか？」

ぼくの質問には答えず、歩きながら買い物リストをつくる春奈。

「カーテンは、白地にピンクのハートがついたのにしようね。マグカップは、かわいいペアのが見つかるといいなぁ」

春だというのに、冷たい汗が流れる。

「はい、これだけ揃えようね」

メモには、新婚家庭が揃えるようなグッズが、ぎっしり書き込まれている。

ぼくは、春奈の差し出す買い物メモを、丁寧に引きちぎり、散らかさないようにポケットに入れた。

「なにするのよ！」

「なに考えてんだよ！」

ぼくと春奈は、しばらく道で睨《にら》み合った。

スーパーについてからも、バトルは続いた。

カセットコンロとヤカン、インスタントラーメンを少し買おうとしたのだが、その間も、ぼくが持ってる買い物かごに、春奈は勝手に品物を放り込んでくる。

……とても疲れる買い物だった。

予定より、はるかに時間がかかった買い物を終え、今川寮へ帰る。

そろそろ、夕日が沈もうとしている。

なんとなく、センチメンタルな気分になる。

今日から始まる一人暮らし。青雲の志をもって、この寂しさと闘おう。

決意も新たにしたぼくの後ろを、当然のごとく、春奈もついてくる。

「帰らなくてもいいのか？」

「門限まで、まだ時間あるもん」

そっぽを向いたまま、春奈が答える。

ぼくは、溜息《ためいき》をついてあきらめた。

今川寮の玄関を開ける。

電気のついてない廊下の奥から、ザワザワという声が聞こえてくる。

なんだろうと思ったら、その声は一〇五号室——つまり、ぼくの部屋から聞こえてきている。

一〇五号室の前には、ぼくのボストンバッグが放り出されていた。

鍵をかけておいたはずのドアは、あっけなく開いた。

「おー、お帰り！」

大きな声で、ぼくを迎えてくれたのは、シゲさんだった。

部屋の中には、他に四人の男。

四畳半に、これだけの人間がいると、息苦しいくらい狭い。

おまけに、畳には缶ビールや安いスナック菓子の袋が置いてあるので、足の踏み場もないくらいだ。

でも、ぼくは無視して部屋に入った。なんてったって、ここは、ぼくの部屋なんだから！

そんなぼくの肩を、シゲさんが抱いて、みんなに向かって叫ぶ。

「みなさんに、紹介しましょう。彼が、新しく今川寮に入った――」

シゲさんの言葉が、途中で止んだ。

そして、ぼくに向かって訊く。

「誰だっけ？」

「井上快人です」

「ああ、そうだった！――というわけで、井上快人君です」

おざなりのパラパラした拍手を受け、ぼくは頭を下げた。

「では、これより井上君の歓迎会になだれこみたいと思います！」

シゲさんが、ぼくの肩を離す――というか突き放す。

そして、春奈を部屋の奥に案内する。まるで、繊細なガラス細工を運ぶような手つきだ。

もう、誰もぼくのことを見ていない。

部屋の奥には座布団が敷かれ、春奈は、その上に座らされた。そして、みんなは、春奈の前に缶ビールやスナック菓子を並べる。

ぼくの歓迎会じゃなかったのだろうか……？

ニコニコ顔で春奈を歓待しているシゲさんに、ぼくは一番気になってることを訊いた。

「部屋に、鍵《かぎ》かかってませんでしたか？」

春奈と話すのを邪魔されたシゲさんは、とても不機嫌な顔で、ぼくを見た。

「かかってた」

「どうやって、中へ入ったんです？」

「ノブをつかんで揺すったら、自然に開いたよ」

……明日、新しい鍵を買ってこよう。

そして、それからは、ぼくがどれだけ話しかけても、シゲさんは答えてくれなかった。

ぼくは、部屋の隅に行って膝《ひざ》を抱える。

春奈を中心に、楽しい雰囲気。でも、その空気は、ぼくがいる部屋の隅までは、やってこない。

なんだか、とても寂しい状況になってきてるような気がする。

すると、

「やぁ、井上君。これから、よろしく頼むよ」

一人の男が、ぼくに話しかけてきた。

短く刈った髪に、日焼けした浅黒い肌。いかにも、スポーツマンって雰囲気を漂わせている。

長い睫毛《まつげ》とぱっちりした大きな瞳《ひとみ》が、ぼくをジッと見る。

「きみの隣——一〇四号の黒川雄一《くろかわゆういち》。農学部の三年だ」

差し出された右手を、ぼくは握った。

「井上です。よろしくお願いします」

黒川さんと、堅い握手。すごい握力だ。

今川寮に来て、初めて人間らしい扱いを受け、不覚にも涙が出そうになった。

黒川さんが、ぼくの隣に腰を下ろす。

「ずいぶん鍛えられてるようですけど、黒川さんは、何かスポーツやってるんですか?」

ぼくの質問に、黒川さんが笑顔を見せる。キラリと光る白い歯が、とても爽《さわ》やかだ。

「こう見えても、空手部の副将をやってるんだ」

そして、ぼくに缶ビールを渡してくれる。

ぼくは、未成年なので、アルコールを呑《の》むわけにいかない。さりげなくビールの缶を畳に置いた。

「それにしても、きみの彼女は、なかなかかわいいね」

黒川さんが、言う。

目をやると、春奈は、シゲさんたちにちやほやされて楽しそうだ。

そのとき、ふと気になったのだが、どうして黒川さんは、春奈の方へ行かずに、ぼくの相手をしてくれてるんだろう。

そう訊くと、黒川さんは照れくさそうに頭をかいて言った。

「おれは、女に興味がないから」

……ぼくは、スッと黒川さんから身を離す。

そういえば、他にも春奈に興味を示さず、部屋の隅にいる男がいた。

「あの人も、女性に興味がないんですか？」

ぼくの質問に、黒川さんが右手をヒラヒラ振る。

「一〇二号室の平真《たいらまこと》君だろ。彼は、おれと趣味が一緒ってわけじゃない。ただ、人間に興味がないだけなんだ」

「……」

ずいぶん小柄だけど、顔は老けている。鼈甲縁《べっこうぶち》の眼鏡をかけて、何かブツブツ呟《つぶや》いている平さんは、どことなく危ない人を思わせる。

「平さんって、何学部なんですか？」

「医学部だよ。外科医を目指してるそうだ。現役で、軽々と合格したから、頭は悪くないんだろうね」

黒川さんが教えてくれる。

「でも、さっき平さんは人間に興味がない人だって、言いませんでしたか？」

「人間に興味はないけど、人を斬ることには興味があるんだって」

ぼくの喉《のど》が、ゴクリと動いた。

「安心しなよ、井上君！」

黒川さんが、ぼくの背中をバンと叩《たた》く。さすが、空手部副将。力を入れてるようには見えないけど、すごく効いた。

「日本の国家試験も、そうそうバカにしたもんじゃないよ。平君が医師試験に受かることは、ないさ」

……そうだろうか？

この国を、そこまで信用していいんだろうか……？

「この機会に、他の連中を紹介してあげよう。シゲのことは、もう知ってるんだよね？」

ぼくは、うなずく。

「じゃあ、春奈君を、シゲと奪い合うようにしてる男がいるだろ。あれが一〇三号室の杉《すぎ》沢隆史《さわたかし》だ」

杉沢という人は、シゲさんとは違う意味で目立つ男だ。

全身を、きっちりとスリーピースの背広で包んでいる。軽くパーマのかかった頭を金色に染めてるし、締めてる赤いネクタイも高級そうだ。

「ずいぶんお洒落《しゃれ》な人ですね」

感想を言うと、

「あいつは教育学部の三年。カラガクって呼ばれてる」

カラガク……？　杉沢隆史って名前を、どうイジったら、カラガクなんて愛称になるんだろう？

「カラガクは、空っぽの額って意味だよ。つまり、中身がないってことさ」

……納得。

「まぁ容姿《ルックス》がいいからガールフレンドは多いけど、中身が空っぽだから、すぐに愛想《あいそ》を尽かされるみたいだ」

哀しい人だ。

「おれのように、空手に命を懸ける硬派の人間にとっては、カラガクみたいにガールハントに命を懸けてる奴の考えてることは、よくわからないな」

……ぼくは、黒川さんの考えてることも、よくわからないんだけど。

「井上君も、熱い青春を過ごしたいのなら、空手部に来なさい。空手部は楽しいよ。毎週、浜コンがあるし、大学祭では演武会と演劇会をやるしね。それに、寒中水泳大会もやるぞ！」

ぼくの中に、いくつか疑問が生まれる。

「浜コンって、なんですか？」

「砂浜でやるコンパだよ。M大の裏は、海だからね。そこで、コンパをやるんだ」

「どうして、そんなところでやるんですか？」

「大海原を見ながら酒を呑む――実に雄大じゃないか！」

黒川さんが答える。その背後で、平さんが、ボソリと呟く。

「M大空手部は、近辺の宴会場から出入り禁止になってるから」

黒川さんに睨《にら》まれ、平さんが首をすくめる。

「演武会と演劇会ってのは、なんですか？」

「日頃鍛錬した技や型を見せるのが、演武会だ。演劇会ってのは、そのあとにやる余興だな。毎年、『ベルサイユのばら』を上演してるんだ。例年、主将がオスカル、副将がアンドレをやるって決まってるんだ」

オスカル……？

「『ベルサイユのばら』に、アライグマって出てくるんですか？」

「ラスカルではない、オスカルだ！」

鋭い殺気が飛んできた。それだけで、『ベルサイユのばら』にかける空手部の意気込みが伝わってくる。

「オスカルは、金髪で男装の麗人。アンドレは、黒髪の美男だよ。おれの部屋に全巻あるから、貸してあげよう。アンドレの衣装もあるから、コスプレしてあげてもいいよ」

ぼくは、丁重に断った。

そして、最後の質問。

「どうして、演武会だけじゃなく演劇会もやるんですか？」

首を捻《ひね》る黒川さん。代わりに、

「その謎は、誰にもわからない……」

猫みたいな顔をして、平さんがニヤリと笑った。

話題を変えようと、黒川さんが、カラガクさんの横にいる人を指さした。

「あの人は、東郷龍司《とうごうりゅうじ》。ロンさんって呼ばれてる。部屋は二〇二号室で、卓球部のＯＢで五年生だ」

五年生……つまり、この春に卒業できなかったってことか。

灰色のスウェットを着込んだロンさん。穏やかな細い目をした人だ。

「ロンさん、何学部なんですか？」

「工学部の建築科だ。実家が大工さんだそうで、いろんな修繕を引き受けてる。大家さんも、溜《た》めた家賃の代わりに、寮の修理を頼んだりしてるんだ」

……いろんな人が住んでるんだ。

「ロンさんも、同級の柳川《やながわ》さんが寮を出てって、寂しいと思うんだ。井上君も、よかったら、ロンさんと卓球してやってよ」

「柳川さんっていうのは？」

「二〇三号室にいた先輩だ。この春、卒業して証券会社に就職したんだけど、すごく優秀な人だったよ」

優秀な人ね……。今までの住人の話を聞いてると、なかなか『今川寮の住人』と『優秀な人』ってのが結びつかない。

ぼくは、目の前に並んだ食料を見て訊《き》く。

「このお菓子やビールは、どうしたんですか？」

「今日は、きみの歓迎会だからね。お金を持ち寄って買ってきたんじゃないか」

ぼくは、目の前に置かれた缶ビールと、広告の紙に散蒔《ばらま》かれたポテトチップを見た。

春奈の前には、コップに注がれたビール。紙皿に彩りよく並べられた空揚げやフライドポテト。

「黒川さんは、男女差別について、どう思いますか？」

「難しい問題だね。しかし、これからの日本を担う我々がなんとかしていかないといけないことだね」

真面目な顔で答える黒川さん。そして、

「そうだろ、みんな！」

問いかける黒川さんの言葉に、シゲさんたちが、

「そうとも！」

と握り拳《こぶし》をつくり、力強く答えた。

話の内容も知らないくせに、こんなに力強く答えていいのだろうかと、ぼくは日本の未来が不安になった。

すると、部屋のドアがバンと開いた。

大きな紙袋を抱えた、針金みたいに痩《や》せた人が立っている。

「おおー、イチさん！　お帰り！」

みんなが、イチさんを出迎える。その勢いで、ぼくは廊下へ転がり出る。

「大丈夫かい、井上君」

黒川さんが、手を差し伸べてくれた。

「なんですか、今の人は？」

「イチさん──二〇一号室の、二上一《ふたかみはじめ》さんだ。人文学部の四年で、ギャンブラー」

ギャンブラー……？

「パチンコ、麻雀《マージャン》、賭《か》けポーカー。とにかく、無敵のギャンブラーさ。今も、きみの歓迎会のために、パチンコで缶詰をとってきてくれたんだ」

部屋に戻ったぼくの前に、コンビーフの缶詰が一個だけ、カロンと置かれた。

牛肉百パーセントのコンビーフではなく、半分以上が馬肉の、安いやつだ。（ほとんどが馬肉なのに、コンビーフって表示するのはいいんだろうか？）

「井上快人です。よろしくお願いします」

自己紹介すると、イチさんは、うるさそうに、

「なんだ、まだ缶詰が欲しいのかい？　意地汚い奴だな」

ぼくの手に、もう一個コンビーフを載せた。

残りの缶詰は、すべて春奈の前に並べられる。

ぼくは、黒川さんのところに戻った。

「無敵のギャンブラーが、どうして今川寮みたいな安下宿にいるんですか？」

すると、黒川さんは哀しそうに首を振った。

「イチさんは、貧乏性なんだよ。百円、二百円の勝負なら、無敵の博打《ばくち》打ち。しかし、賭け金が千円を超えるころから、怪しくなってくる。『自分が、こんなに大金を稼いでもいいんだろうか？』って、不安になるそうだ」

「……」

「イチさんの本業は、パチンコじゃなくて競馬。大家さんが過去二十年分保存してる競馬新聞を基に、独自のデータベースをつくってる」

学生の本業って、学問じゃないんだろうか……？

でも、大家さんが、そんなに競馬新聞を持ってるとは知らなかった。

「大家さんは、几帳面《きちょうめん》な人だよ。競馬新聞を捨てると運が逃げるってジンクスを、持って

るからね」

　ぼくは、コピーを壁にとめてる今川さんの姿を思い出した。あれも、今川さんのジンクスなんだ。

「それから、イチさんは、金貸しもやってるから、困ったときは利用するといいよ。もっとも、最高利用限度額は五千円だけどね」

「利息は？」

「十一《といち》」

　十一——十日で一割ってことだ。ぼくは、絶対に利用しないと決めた。

　そして、部屋の人数を数えてみる。

　シゲさん、黒川さん、平さん、カラガクさん、ロンさん。そして、今、部屋に入ってきたイチさん。

　今川寮は、七部屋が埋まっていたっていうから、あと一人、知らない人がいることになる。

　シゲさんは、一〇一号室。

　平さんは、一〇二号室。

　カラガクさんは、一〇三号室。

　黒川さんは、一〇四号室。

イチさんは、二〇一号室。

ロンさんは、二〇二号室。

頭の中に描いた今川寮の見取り図で、部屋をチェックしていく。

すると、今、この場にいないのは——二〇五号室の人だ。

ぼくは、黒川さんに訊いた。

「二〇五号室の人は、どうしてるんですか？」

すると——。

ビデオの一時停止ボタンを押したみたいに、みんなの動きが止まった。

さっきまで、春奈を中心に楽しそうな雰囲気が流れていたのが、一瞬で凍り付いた。

みんなの顔から、笑顔が消えている。

「……どうかしたんですか？」

ぼくは、努めて平静を装い、訊いた。

誰も、何も答えない。

そのとき、コツン、コツンという足音が聞こえた。

今川寮の奥——建物の外側には、鉄製の非常階段がつけられている。ぼくが二階へ行こうと思ったら、玄関側の階段を使うより、この非常階段を使う方が便利で早い。

その階段を、誰かが降りてくる音がする。

コッン、コッン……。

足音が大きくなるたびに、みんなが無表情になっていく。いや、無表情なんかじゃない。それは、恐怖と闘っている顔だ。

足音が、部屋の前で止まった。

ドアが開く。

「やぁ、みんな。楽しそうだね」

ドアの向こうには、痩せた小柄な男が立っていた。

パッと見、高校生みたいに見える。軽くウェーブのかかった柔らかい髪を、少し長めに伸ばしている。

「こんばんは、長曽我部《ちょうそがべ》先輩……」

黒川さんが、かなりひきつった笑顔で言った。

ぼくは、長曽我部と呼ばれた人の前に進んで、挨拶《あいさつ》する。

「今日からお世話になります。新入生の井上快人です」

すると、長曽我部先輩は、胡桃《くるみ》のような大きな目を、うれしそうに細めた。

「礼儀正しい一年生だね。こちらこそよろしく。きみの部屋の真上に住んでる長曽我部慎《しん》太郎《たろう》だよ。学年は……今年で何年になるんだったかな……?」

首を傾げる長曽我部先輩。動くたびに、身にまとったアクセサリーが、チャラリチャラりと音を立てる。

黒いシャツの胸元から見えるネックレスは三つ。左右の手首に、ブレスレットが五つずつ。右手の中指にリングが一つ。

こんなにアクセサリーをつけて、お洒落《しゃれ》な人だと思ったんだけど……なんとなく、違和感がある。

長曽我部先輩がつけてるアクセサリー。どれもこれも、普通のデザインじゃない。うまく言えないけど、雑誌の通信販売や新聞の折り込み広告なんかで見る物に、似てるような気がする。

長曽我部先輩は、ロンさんを見つけて訊《き》く。

「東郷君。おれは、いったい何年生になるんだろうね？」

「自分が入学したとき、先輩は確か四年生だったような気が……」

記憶を呼び起こすように、ロンさんが言った。

長曽我部先輩が、両手の指を折って数える。なんだか、糸に絡まった操り人形が糸を解こうとしているみたいだ。

「そうか、今年は八年生か……。長く大学に残ってると、学年なんかどうでも良くなってくるね」

微笑む長曽我部先輩。

不思議な人だ。

若いというより幼い顔をしてるのに、この場にいる誰よりも長く生きてるんだ。

シゲさんが、長曽我部先輩にコップを渡し、ビールを注ぐ。飲み干す長曽我部先輩。

カラガクさんとイチさんが、お菓子や缶詰を長曽我部先輩の前に並べた。

なんだか、みんなすごく気をつかってる。

「歓迎会を中断させて悪かったね。さぁ、おれのことは気にせず、続けてくれ」

長曽我部先輩が言った。

でも、そういうわけにもいかない。ぼくは、腕時計を見て、立ち上がった。

「歓迎会を開いていただいている途中に悪いのですが、春奈を送ってきます」

時間は、午後七時。

「なんでよ、快人！　もう少し、いいじゃない！」

春奈が文句を言う。続いて、

「そうだ、そうだ！」

ってシゲさんたちも言うが、ぼくに聞く耳はない。

今川寮から春奈の高級下宿『エクラタン』まで、歩いて約三十分。往復で一時間。

春奈を送って帰ってきたら、もう八時だ。いろいろ片づけることもあるし、ぼくは、九時に寝るのが習慣だ。

一人暮らしを始めても、その習慣を崩すつもりはない。

文句を言ってる先輩たちを無視して、ぼくは春奈を部屋から押し出した。


M大学のあるT市は、海に面している。

海に面したキャンパスを持つ大学は、日本でも珍しいらしい。

『エクラタン』は、T市のヨットハーバー沿い。

ちなみに、今川寮は川沿いにある。今川寮の裏側を出ると、小さな階段があり、堤防に出られる。

ぼくと春奈は、堤防を歩く。

春の夜風は、少しばかり肌寒い。

「酔い醒《ざ》ましには、ちょうどいいわね」

気持ち良さそうに、春奈は髪を風に遊ばせている。

「ぼくらは、未成年なんだぞ」

厳しい声で言っても、春奈は知らん顔だ。

「快人は、呑《の》まなかったの？」

「当然だ。法律で、未成年の飲酒は禁止されている」

すると、春奈は不思議そうな顔をして、ぼくの顔を覗《のぞ》き込んだ。

「でも、せっかく先輩たちが用意してくれたんだよ。少しくらい呑んであげたらよかったのに」

ふむ……なるほど。

確かに、春奈の言うことも一理あるような気がする。

そう思ったぼくは、ハッと我に返る。

いや、ダメだ！　こうやって、勝手な理屈をつけて自分を甘やかすことから、堕落が始まるんだ。

やっぱり法律は守らないといけない！

ぼくは、決意を新たにした。

春奈が、大きく伸びをして言う。

「だけど、少し安心した」

「なにが？」

「今川寮の人たち、変な人ばかりなんだもん。これなら、快人も安心ね」

「……」

ぼくは、春奈の台詞《せりふ》を考える。変な人ばかりだから安心なんて、日本語として変じゃないか？

「だって、普通の人ばかりの下宿だったら、変人の快人は目立って仕方ないわよ」

今の台詞については、考えないようにした。

「それに、変人だけど、いい人ばかりじゃない」

春奈が言う。

「……」

そりゃ、春奈にとっては、いい人ばかりだろうな。

「家賃も安いし。わたしも、今川寮に入ろうかな」

その言葉を聞いたら、シゲさんたちは『WELCOME』の横断幕をつくって、サンバカーニバルを始めるだろうな。

「でも、家賃が安いのは……出るからだろ」

ぼくは、昼間のことを思い出す。

あのとき、窓が閉まってて風がないのに、ドアが自然に開いた。

まるで、目に見えない手がドアを開けたかのように。

「出るわけないじゃない」

ケラケラ笑いながら、あっさりと春奈が言った。

「あの下宿に出るのは、獣や非常識人間、それにゴキブリやネズミ、ダニ」

断言する春奈。

「どうしてわかるの?」

「ちょっと霊視《み》てみたんだけど、あの場所は、とっても健全よ。幽霊、妖怪《ようかい》、魑魅魍魎《ちみもうりょう》は、今川寮に近づきたくないようね」

そういえば、春奈は本物の霊能力者だった。

幽霊が出るような場所だったら、真っ先に春奈は気づくだろう。

その春奈が、出ないと断言してるんだから、今川寮には、出ないんだろう。

だったら、どうして、ドアがひとりでに開いたんだ？

ひょっとして、春奈でも感知できない、摩訶《まか》不思議な地縛霊でもいるんじゃないだろうか？

いや、ぼくは、春奈の霊能力を信じるぞ！

ぼくは、春奈に、どうしてドアが開いたのかを訊いた。

「知らない。自然に開いたんでしょ。自動ドアだって勝手に開くんだし、気にしなくてもいいじゃない」

……春奈の気楽な性格がうらやましい。

もっとも、こういう性格じゃないと、日常的に幽霊が見える生活には耐えられないんだろうな。

話してるうちに、ぼくらは『エクラタン』の前に着いた。

赤煉瓦《あかれんが》の建物。学生マンションというより、高級集合住宅ってイメージだ。

建物のまわりには、緑の生け垣が配置され、自然のイメージを大切にしている。

今更ながら、今川寮のトタン打ちっぱなしの外壁とは、大違いだってことに気づく。

青雲の志を持ったぼくは、別に高級学生マンションで、楽な暮らしをしようとは思わない。

でも、『エクラタン』と今川寮を比べてしまうと、なんとなく割り切れない思いが湧き上がってくるのも、哀しいけど事実だ。

「ちょっと寄ってく？」

春奈に訊《き》かれるが、ぼくは首を横に振る。

気軽に誘ってくれるけど、女子学生専用マンション『エクラタン』のセキュリティシステムは、すごく厳しい。

男子絶対禁制で、入居者の許可があっても、入ることはできない。

ぼくの場合は、春奈の両親から立ち入り許可書を発行してもらってるので、なんとかエントランスホールまでは入ることができる。しかし、それも春奈と一緒にいるときという条件付きだ。それ以上、先に進もうと思ったら、罠《トラップ》いっぱいのジャングルを突破するだけの覚悟と装備がいるだろう。

まして、今は夜。

セキュリティのレベルは、トップクラスのレベルEに設定されている。

ぼくは、アクション映画のヒーローになる気はない。

春奈が『エクラタン』の中に入るのを見届けて、ぼくは来た道を戻った。


今川寮に帰ると、すでに歓迎会は終わっていた。

どうやら、春奈がいなくなった途端、終わったようだ。

誰もいない一〇五号室に、ビールの空き缶や、空のお菓子袋が散らばってる。

「……」

ぼくは、ゴミを不燃ゴミ、可燃ゴミ、再生ゴミとわける。

「お帰り、井上君。掃除、手伝ってあげようか？」

途中、黒川さんが部屋に来たけど、丁重に断る。

掃除が終わったのが午後八時半。

銭湯へ行こうと思っていたのだが、今は布団がないことを思い出した。この状況で、風《ふ》呂《ろ》へ入ってしまったら、湯冷めして確実に風邪をひいてしまう。一人暮らしで病気になるのは、かなり悲惨だ。

「なんだ、井上君、布団がないのかい？　それなら、おれの部屋へ来たらいいのに」

またまた現れた黒川さんを、またまた丁寧に部屋から閉め出す。

ぼくは、風呂をあきらめて、壁によりかかった。

集めた可燃ゴミの中から、紙を探し出し、蓑虫《みのむし》のように体に巻き付ける。これで、明日の朝まで、なんとかなるだろう。

古い建物なのに、すきま風は入ってこない。でも、春の夜の空気は、しんしんと冷えていく。

新聞紙と段ボールにくるまる。

一人暮らしの最初の夜、ぼくは蓑虫のようにして、眠った。

次の日、布団が送られてきて、ぼくの生活は快適なものに近づいていった。

その後、入学式が終わり、大学の方も忙しくなった。

文化人類学科の新入生歓迎合宿。オリエンテーリング、歓迎ボウリング大会、クラブ説明や奨学金説明会――急流下りをする船に乗せられたような気分で、毎日が過ぎていく。

中でも一番ややこしかったのが、履修願い。

前期に、どの講義を受けるかを決めて、履修カードを書かないといけない。

ぼくは、今川寮の部屋で、新聞紙よりも大きな前期開設講座名一覧表を広げる。

ぼくのそばでは、春奈が寝転んでマンガ雑誌を広げてる。

「……春奈、ちょっとそこに座りなさい」

ぼくは、前期開設講座名一覧表を畳んで脇に置き、春奈に言った。

春奈は、読んでたマンガ雑誌を脇に置かず、目をマンガに向けたまま、起き上がった。

「おまえ、もう履修カード書いたのか?」

「まだ」

「書かなくていいのか?」

「うん。快人が書いたら、見せてもらって書くから」

「……聴きたい講義とかないのか?」

「快人と同じ講義でいいわ」

「……」

ぼくは、頭がクラクラした。

そして、既視感《デジャ・ヴュ》。そういや、今までも、これと同じような場面が何回もあったな……。

夏休みの宿題も、共同の自由研究も、ぼくがやったのを春奈は写すだけだったもんな。

ぼくは、厳しい顔をつくり、春奈に言う。

「春奈、ちょっとそこに座りなさい」

「だから、座ってるって」

そうだった。

マンガから目を上げない春奈に向かって、ぼくは一つ咳払《せきばら》いする。

「なんなのよ?」

「大学は、学問に励むところだぞ」

「大学で学問に励まなきゃならないほど、わたしはバカじゃないわよ」

「……」

何も言えない。

「それより、お腹すいた。ご飯、食べに行こうよ」

「もう少し我慢しなさい。履修カード書いたら、寮の裏へ食べに行こう」

「寮の裏って……今川寮の裏は川で、食べるところなんてないよ」

……そういや、そうだった。

あれ？　なんで、ぼくは寮の裏でご飯が食べられると思ったんだろう……？

考えてもわからない。

答えが出ないぼくは、前期開設講座名一覧表を広げる。

春奈も、また寝転がる。起き上がってから寝転ぶまでの間、彼女は一度もマンガ雑誌から目をそらしてない。ある意味、見事なものだ。

そのとき、ドアがギィーッと開いた。

ぼくは、ビクッとする。この間、風も吹いてないのに、ドアが開いたことを思い出したのだ。

チャラリという金属音がした。

「やぁ、井上君。春奈君も一緒かい」

ドアの隙間から顔を覗《のぞ》かせたのは、長曽我部先輩だった。

取りあえず、ホッとする。

原因もわからずにドアが開くってのは、幽霊など信じてないけど、やっぱり気分が悪い。

「わー、長《ちょう》さんだ」

手を振る春奈に、長曽我部先輩は笑顔でこたえる。

他の先輩たちが微妙に畏《おそ》れてる長曽我部先輩に、春奈はなぜかなついている。

ぼく？　ぼくも、別に畏れてはいない。よく知らないのに、畏れようがない。

「おお、履修カードじゃないか。学問に燃える新入生は、たいへんだねぇ」

長曽我部先輩は、ぼくがテーブル代わりのコタツに広げてる前期開設講座名一覧表を見て言った。

「もう、履修カードは書いたのかい？　これから？　じゃあ、一般教養科目のお奨《すす》め講義を教えてあげよう。井上君は、文化人類学科だったよね。将来は、民俗学をやりたい？　それなら、専門の講義も、おれはある程度わかるから、そっちも教えてあげられるよ。春奈君は？　快人と一緒だったら、別になんでもいい？――まったく、まだ春だっていうのに暑いねぇ」

ペラペラとしゃべり、ぼくの前に座る長曽我部先輩。

「長曽我部先輩、文化人類学科なんですか？」

　この質問には、右手をヒラヒラ振る。

「いいや、本当は工学部なんだ——というか工学部だったと思う。それとも、農学部だったかな……？」

　首を傾げる先輩。八年もいると、自分の学部も忘れるもんなんだろうか。

「でも、いろんな学部に友だちがいるからな。そいつらと一緒に講義を受けてたから、他の学部の専門講義についても、けっこう詳しいんだ」

　そして、遠い目をする。

「でも、いつの間にか、みんな大学からいなくなっちまった。寂しい話だよ」

　まるで、老人ホームでひなたぼっこしてるような雰囲気で、長曽我部先輩が言った。

　うっすらと涙を浮かべる先輩。でも、ぼくらの視線に気づくと、慌てて涙を拭《ふ》いて元気に言った。

「それでは、お奨めの講義を選んであげよう」

　ぼくから前期開設講座名一覧表を奪い取ると、マーカーペンで○をつけ始めた。

「この『教養社会学』は、受講《き》いといた方がいいな。あと、余裕があったら『倫理思想史』も入れとこう。泉と大川の講義は、止めといた方がいい、時間の無駄だ」

　先輩が奨めてくれる講義を、ぼくと春奈は片っ端から『履修カード』に書いていった。

初めは信用できなかったけど、聞いてると、確かに良い講義ばかり選んでくれている。講義題目と、担当教官名。それに自分の学部と学籍番号、名前を書いていく。

「それから、この紙にも――」

ぼくと春奈は、先輩の差し出す紙に、なんの疑いもなく学籍番号と名前を書いてしまった。

「おめでとう。さっそく、きみたちの入会手続きをするからね」

「え?」

ニヒャリと笑ってる先輩。

ぼくたちは、最後に名前を書いた紙を、注意深く見てみた。

それは、履修カードに似せてつくってあるが、上部に『あやかし研究会入会願い』と書いてある紙だった。

「……なんですか、あやかし研究会って?」

ぼくが訊《き》くと、

「あやかしを研究する会だよ」

と、なんの説明にもなってない説明をしてくれた。

「なんですか、『あやかし』って?」

ぼくは、もう一度訊いた。

「うん、その説明は、実に難しい」

胡桃《くるみ》のような丸い目を、ぼくに向ける長曽我部先輩。

「この世の中で起こる摩訶《まか》不思議なことの総称だと思ってもらえば、一番近いかもしれないな」

……わからない。

「つまり、よくわからないことを研究する会のことなのね」

春奈が言った。

「その通り。春奈君は、誰かさんと違って、賢いね」

長曽我部先輩に頭をなでられ、春奈はうれしそうだ。

誰かさんは、ちっとも楽しくない。

「それで、その『あやかし研究会』に入ると、何かいいことあるんですか？」

ぼくが訊くと、長曽我部先輩は、

「なんだ、井上君は、もう入会した気でいるのかい？　ずいぶん、気が早いね」

と、思いっきり勘違いしたことを言った。

「入会願いを書いたからって、すぐに入会が認められるとは限らないんだよ。厳正な審査があるからね。まぁ、安心したまえ。きみたちは、見たところ悪い人間じゃなさそうだから、入会は認められると思うよ。おれも、推薦文を一生懸命書くからね」

安心できない……。

ぼくは、あやかし研究会なんて怪しげな団体と関わりたくない。

「じゃあ、今からこの入会願いを提出してくるから。楽しみに待っていたまえ」

先輩は、呆気《あっけ》にとられてるぼくたちに、シュタッと片手を挙げた。

「それでは、アディオス！」

そして、宙を歩くような軽やかな足取りで去っていった。


三日後――。

ぼくと春奈のところに、Ａ４サイズの封筒が届いた。

あやかし研究会からのもので、中には、会則が書かれた紙や会員証、会員ランク表などが入っていた。

どうやら、無事に入会は認められたようだ。

名刺サイズの会員証を見る。顔写真（いつ、撮ったんだろう？）の横に、名前と『階級《ランク》：戦闘員《したっぱ》』の文字。

春奈の会員証を見せてもらうと、『階級《ランク》：幹部候補生』と書いてあった。

「なに、この戦闘員《したっぱ》とか幹部候補生って？」

ぼくが訊くと、春奈は封筒に入っていた会員ランク表を広げた。

ピラミッド型の表。一番下には、戦闘員《したっぱ》の文字。その少し上に、幹部候補生って書いてある。

戦闘員《したっぱ》の横の解説を読むと、

「研究会内で、最低の階級。会員としての地位は認められているが、生半可な努力では高い階級に上がることはできない」

と書いてある。

幹部候補生の解説は、次のようなものだ。

「今でこそ下の方の階級だが、将来性が認められており、近いうちの出世が約束されている」

これを読んで、

「つまり、わたしの方が、快人より会員としてのランクが上ってことのようね」

うれしそうに、春奈が言った。ぼくは、なんにもうれしくない。

表の一番上には『陰の最高顧問』と書いてある。その下が『最高顧問』で、『天下のご意見番』と続いていく。

ちなみに、長曽我部先輩は『課長』だそうで、上から六番目の位だ。

とにかく、ぼくと春奈は、こうしてあやかし研究会に入った。（正確には、入らされた）

入会願いを書いて（正確には、書かされて）から、今のところ実害はない。

入会費や年会費も取られてない。

具体的に、何か会で活動したこともない。

第一、ぼくたちは長曽我部先輩以外に、あやかし研究会の人間に会ったことがない。

様々な疑問があるけど、人畜無害な会だから、ぼくと春奈は放っておいた。

とにかく、ぼくの大学生活は、砂時計の砂が落ちるようにノンストップで動き出していた。

文化人類学科の仲間との交流や、サークル仲間との交流。（ぼくは、春奈に無理矢理テニスサークルに入らされた）

大学でできた新しい友だちは、なぜか、ぼくのことを変わり者と呼んだ。

講義をサボって喫茶店に行こうという誘いを断ることは、そんなに変わったことなのだろうか？

ぼくだって、世間と仲良くしていこうという気持ちはある。だから、あまり堅苦しい人間だと思われないように、気をつけてはいる。

それに、ぼくが変わり者だっていうのなら、今川寮の先輩たちはどうなるんだ。（あの人たちこそ、真の変わり者だと思う）

以前、講義が休講になったとき、図書館で自習しようとしたことがある。そのときの、みんなの目を見てからは、普通の大学生は、そんなことをしないって学習した。

じゃあ、どうすれば休講の時間を有意義に使えるのか？——友だちに訊いたけど、誰も答えてくれなかった。

年を取るにつれて、こんなふうに誰も教えてくれない問題が、どんどん増えてくる。もっともっと、学問に励まなければ！

講義にも慣れてきた。初めは、百分という講義の時間が、とても長く感じられたが、今は余裕でノートをとることができるようになった。

今川寮での怪現象や、あやかし研究会など、気になることはいくつかあった。でも、それよりは、新しい生活を楽しむことに、ぼくは忙しかった。

住人は変人ばかりだけど、悪い人はいない。

隣の黒川さんの部屋から聞こえる、「セヤ！」という気合いも、最初のうちは驚いたけど、今は慣れた。

黒川さんは、部屋で練習するために、ドアと壁の三方に、大きな鏡をつけている。ただ、空手の気合いより驚かされるのは、「オスカルゥ〜！」という台詞《せりふ》の練習だ。

平さんとも、言葉を交わした。

朝、流しで顔を洗ってると、真っ赤な目をした平さんが、ぼくをうらやましそうに見ていた。

「寝不足ですか？」

そう訊《き》くぼくに、平さんは、

「最近、不眠症でね」

と、低い声で言った。

不眠症——寝付きのいいぼくには、無縁の言葉だ。一度眠ったぼくは、朝になるまで目覚めることがない。

「医学部の勉強が忙しいんですか？　ストレスが溜《た》まると、眠れなくなるって言いますよね」

気楽そうに言うぼくに向かって、平さんが口を開いた。でも、パクパクするだけで、何も言葉が出てこない。

ふぅー、と大きな溜息をついて、

「井上君が、うらやましいよ」

とだけ、言った。

ぼくは、学問に励む平さんを、心の底から尊敬した。

二〇五号室——長曽我部先輩の部屋のまわりだけ空室だった理由は、まだわからない。

ぼくの部屋は真下だけど、物音がうるさいというような迷惑はかけられてない。（それどころか、本当に静かだ）

他の先輩たちは、長曾我部先輩のことを、どことなく畏《おそ》れてるようだ。

ある日、さりげなくロンさんに訊いてみた。

「長曾我部先輩は、どんな人なんですか？」

最初、ロンさんは、なかなか答えてくれなかった。

それでも、

「なんか怖いんだ……」

と、ボソリと言った。

「怖いって、どうしてですか」

「それが、わからないんだ……」

不思議そうに答えるロンさん。そして、逆に訊かれた。

「井上君は、怖くないのかい？」

「はい」

ぼくは、あっけらかんと答える。だいたい、怖がろうにも理由がない。

「……きみが、うらやましいよ」

平さんに続いて、ロンさんにも、うらやましがられてしまった。

それから、家庭教師のアルバイトも始めた。

週に二回――火曜日と金曜日の、午後六時から八時までの二時間、高校一年生の男の子を教えている。

本当は、七時から九時までと言われたのだが、それでは九時に寝るという習慣が壊れてしまう。

そして、三回目のバイトが終わった夜――ぼくは、見た。


午後八時半――。

その夜は、雨が降っていた。

ぼくは、疲れて今川寮へ帰ってきた。

でも、ゆっくり部屋で休んでる暇はない。急いで銭湯へ行かないと、九時までに寝られない。

ここから近くの『司朋湯《しとも》』まで、歩いて四分、走れば一分半。

大丈夫、ゆっくり湯につかる時間はある。

ぼくは、今川寮の戸を開けた。

洞窟《どうくつ》のように暗い今川寮の廊下が続いている。

早く、廊下の電球を取り替えてほしいな……。

闇に目が慣れるまで、ぼくはそんなことを考えていた。

ぼんやりと廊下が見えてきたころ、しゃがんで靴を脱いだ。

そして、顔をあげると――。

廊下の奥に、ぼんやり何かが立っている。

なんだ……？

目を凝らす。

闇の中、ウェーブのかかった髪の長い人が後ろ向きで立っている。上半身しか見えない。下半身は、溶けるように闇の中だ。

女の人……？

その人が振り返った。

青白い顔。口元から、一筋の血……。

次の瞬間――。

ぎゃーっ！　というすさまじい悲鳴で、ぼくは腰を抜かした。その悲鳴は、ぼくの口から出たものだった。

「どうしたんだ！」

一〇一号室のドアが、バンと開いた。

明るい部屋の光と一緒に、シゲさんが顔を出した。

シゲさんが、玄関にへたりこんだぼくを見て、驚いてる。

「どうしたんだ、井上君！」

そう訊かれて、説明しようとするのだが、顎《あご》がガクガクして、うまく話せない。

「あ……あっ……でっ、でっ！」

ぼくは、震える指で、廊下を指さす。

「何か、いるのか？」

ドアを閉めて、シゲさんが廊下へ出てきた。

「出たんです。髪の長い女の人の……幽霊が」

そう言って、ぼくはシゲさんと一緒に、廊下を奥へと進む。

でも……何もいない。

「寝ぼけるには、あまりに早すぎるんじゃないか？」

呆《あき》れた声のシゲさん。

「でも、確かに出たんです！」

ぼくは、一生懸命、シゲさんに説明する。

「髪の長い女の人でした。口から、血を流してて……」

「で、そいつは、どこにいるんだ？」

問題は、そこだ。

幽霊は、消えてしまった……。

廊下に足跡はない。

ぼくは、廊下の奥――裏口のドアを見てみる。

鍵《かぎ》はかかってない。

ドアを開けてみた。雨が吹き込んできて、廊下を濡《ぬ》らす。

それまで廊下が乾いていたということは、このドアは開けられてないってことだろう。

じゃあ、どこへ消えたんだ……？

ぼくは、一〇四号室のドアをノックする。返事がない。

黒川さんだけじゃなく、一〇三号室も一〇二号室も、返事がない。

シゲさんが、ぼくに訊く。

「井上君。その女に足はあったかな？」

足……？

そういえば……。

「……ありませんでした」

「きみが嘘を言ってないとしたら、その女は、消えてしまったことになる。おまけに、足もなかった。とすると、確かに幽霊だ。そうか、もう幽霊が出る季節になったか。今年は、ずいぶん早いな」

気楽な声のシゲさん。そのまま、部屋に帰ろうとする。

「ちょっと待ってくださいよ。シゲさんは、怖くないんですか？」

「だって、別に悪さするわけじゃなし。それに、井上君も、幽霊が出るって知ってて今川寮に入ったんだろ」

確かにその通りだ。

「気にしないことだね。別に、何か悪いことをしてくるわけじゃなし」

シゲさんは、そう言うけど、本当に悪いことしないって保証はないよな……。

「おれは、幽霊よりゴキブリの方が怖いよ。幽霊が出たってことは、そのうちゴキブリも出てくるんだろうな。ああ、ヤダヤダ……」

そして、シゲさんは一〇一号室に帰っていく。

そのとき、ぼくは、さっき以上の恐怖に襲われた。

腕時計を見ると、八時五十五分……。

しまった……。今からだと、お風呂《ふろ》に行ってる時間がない。


「それで、朝からシャンプーの匂いをさせてるのね」

春奈が、ぼくの髪に鼻を近づける。

「でも、そんな早くから銭湯は開いてないでしょ。どこで洗ったの？」

「今川寮の流し。歯を磨いて顔を洗ったついでに、シャンプーしたんだ」

「……バカみたいなこと訊《き》くけど、あの流しって、お湯出るの？」

まったく、バカみたいな質問だ。出るわけないじゃないか。

「快人が、たくましくなっていくのはうれしいけど、あんまり無茶して風邪ひかないでね」

確かに、こんなことしてて風邪をひいたら、それこそバカみたいだ。

「それで、本当に幽霊を見たの？」

ぼくは、うなずく。

「だけど、快人は幽霊って信じてないんでしょ？」

その通りだ。

でも、実際問題、信じてるとか信じてないとかに関係なく、見たら怖い。

「今川寮には、何も憑《つ》いてないと思ったんだけどな」

春奈が、頭の後ろで手を組む。

そんな春奈に、訊く。

「あのさ、春奈の霊能力でも感知できないような、新種の幽霊がいるっていう可能性はないかな？」

自分でも、だんだん考え方が非科学的になっていくのが、よくわかる。

春奈は、溜息《ためいき》をついて、首を横に振った。

「そうだよな……」

ぼくは、ソファーの背もたれに体を預ける。

ここは、学生会館の一階。柔らかいソファーがたくさん置かれている。

今は、一コマ目の講義が終わったところ。

たくさんの学生が、のんびり雑談している。

ぼくと春奈に、同じクラスの奴が声をかけていく。

「おい、快人。次の数学概論、休講だぜ」

そうか、休講か……。

大学生活にはかなり慣れたと思うんだけど、まだ休講ってやつには馴染《なじ》めない。

早く、自分で時間の過ごし方を見つけないといけない。

ぼくは、立ち上がった。

「快人、どこへ行くのよ？」

「図書館」

「また、自習する気なの？」

呆れた声の春奈。

バカにしないでほしい。休講のときに自習するのが非常識だって、ぼくはすでに学習してるんだ。

「じゃあ、何しに行くのよ？」

「午後の講義の予習をしようと思ってね」

ぼくの答えを聞いて、春奈が何も言わず肩をすくめた。

そのとき、

「はい、ごめんなさいよ」

小柄な掃除のおばさんが、モップを動かしながら、ぼくと春奈の間に割って入った。

「井上君。自習する時間があるのなら、おれの仕事を手伝ってくれないかな」

掃除のおばさんが、ぼくを見て言った。

え？　なんで、掃除のおばさんが、ぼくのことを知ってるんだ？

おばさんが、目深に被《かぶ》っていた白い作業帽を脱ぐ。

作業帽の下から現れたのは、長曽我部先輩の顔だった。

「わー、長さんだ！」

うれしそうな春奈。

「長曽我部先輩、何やってるんですか？」

ぼくの質問に、

「見てわかるだろ。掃除のバイトだよ」

先輩はモップを傍らに置くと、体を投げ出すようにしてソファーに座った。

「なんでまた、そんなバイトしてるんですか？」

続けて訊いた。

「そんなバイトとは、失敬だね。温々《ぬくぬく》と生活してる学生を横目にしながら働くことで、勤労意欲に火をつけてるんじゃないか。『見ててや！　今は、しがない男やけど、いつか、どえらい奴になっちゃるからな！』——こういう熱い気持ちを持って、おれは働いてるんだよ」

どうして、台詞《せりふ》の途中が大阪弁になってるんだろう……？

ぼくの疑問をよそに、先輩は胸ポケットから細長いタバコを出すと、火をつけた。

その姿は、誰が見ても、勤労意欲に燃えているというより、タバコに火をつけてサボってるようにしか見えない。

緑色の煙がたなびく。なんだか、目にしみるような匂いだ。

「長さん、変わったタバコ吸ってるんだ」

春奈に言われて、長曽我部先輩が、タバコのパッケージを見せてくれた。

タバコを吸わないぼくには、外国製のタバコだってことくらいしかわからない。

「ボルネオの原住民が、魔術を使うときに焚《た》いた薬草がベースになってるんだ。なかなか、神秘的な味だよ」

どこから、こんなタバコを手に入れるんだろう……？

「ねぇ、ねぇ。長さんは、幽霊を見たことある？」

その言葉に、先輩の肩がピクンと動いた。

胡桃《くるみ》のような大きな目が、ぼくを見る。

「そうか……。とうとう、井上君も見たのか」

先輩が、タバコをもみ消した。

「おれは見てないんだが、他の連中は、みんな見てるそうだ。井上君が見たのは、どんな幽霊だった」

ぼくは、髪の長い女の人だったことを、先輩に話した。

他に、今川寮で起こった不思議なこと——ドアがひとりでに開いたことなども話した。

黙って聞いていた長曽我部先輩は、新しいタバコをくわえた。

「井上君と春奈君は、一九七七年に日本で起こったポルターガイスト事件を覚えてるかな？」

覚えてるもなにも、そんな事件があったなんて、聞いたこともない。

すると、先輩は大げさに肩をすくめた。まるで、見えない糸に両肩を引っ張られたみたいだ。

「きみたちは、あやかし研究会の一員なんだから、これくらいの知識は一般常識として持っていてほしいね」

そうか……あやかし研究会は、こういった類《たぐい》の知識が一般常識になる世界なのか。

なんて恐ろしい団体なんだ。

「仕方がない。面倒だけど説明してあげよう」

先輩が、タバコの煙を細長く吐き出した。

「静岡の女子中学生に起こった事件だ。彼女は、寝るとき内側からドアに鍵《かぎ》をかけて寝る習慣だった。それが、ある夜、勝手にドアが開いたと言うんだ。ベッドから起き出して見に行ったが、誰もいない。鍵をかけてまた寝てると、しばらくしてドアが開く。それが三回目になると、さすがに彼女もうんざりした。そして、ドアを閉めようとすると、ドアを外側から誰かが引っ張ってるような感覚がある。必死になって引っ張ったら、しばらくして急にドアを引く力が消え、ドアが閉まったという。——不思議な事件だろ？」

ぼくと春奈は、うなずく。

確かに、不思議な事件だ。

でも——。

「原因は、何だったんですか？」

ぼくは、質問した。

「ポルターガイストだよ。日本語では『騒霊』って書く」

「それで答えになってるんですか？」

「当然だね。原因は、ポルターガイスト。これほどわかりやすい答えはない」

ぼくは、うなずいた。

よくわからないんだけど、よくわかったことにしておこう。こういう曖昧《あいまい》な態度は嫌いなんだけど、この場は仕方がない。

「そういえば、一九八六年に岐阜県土岐《とき》市でも、よく似た事件が起きてたな。当然、きみたちは知らないだろうから、黙って聞いていたまえ」

先輩は、吐き出したタバコの煙が天井に昇っていくのを見てから、口を開いた。

「その年、土岐市内のスナックで、トイレに入ると勝手に鍵がかかり、開かなくなるって現象が起こった。同時に、ドアを叩《たた》く音が聞こえたり、赤ん坊が泣く声がしたともいう。その後、ある霊能力者が霊視をしたところ、そのスナックには数千の霊体が集まっていたそうだ」

「つまり、その数千の霊体が、騒ぎを起こしていたってわけね」

春奈が言った。

長曽我部先輩は、うれしそうにうなずく。

「さすがに春奈君は、幹部候補生だね。よくわかってるじゃないか」

誉められてる春奈を見ても、ちっともうらやましくない。

「数千の霊体か……。見てみたいな」

春奈の呟《つぶや》きに、先輩が笑い出した。

「それは、無理だね。霊体が見えるのは、力の強い霊能力者だけだから」

……先輩は、知らない。春奈が、とっても力の強い霊能力者だってことを。

先輩に、そのことを話す気はない。ぼくは、春奈が霊能力者だってことを、あまりまわりに広めたくない。

世の中には、いい人間ばかりじゃない。中には、春奈の能力《ちから》を利用しようって奴もいるかもしれないからだ。

「春奈君が、あやかし研究会の幹部候補生として、霊能力に関心を持ってるのはわかるよ。実は、おれだって、密《ひそ》かに霊能力を高めようとしてるからね」

長曽我部先輩が、左耳を指さす。そこには、曲玉《まがたま》のような形をした銀色のピアスがついていた。

「なんです、それ?」

「霊能力を高めるピアスだ。これをつけてることで、大宇宙の霊波動が、その人の中で眠っている霊能力を呼び起こすんだよ」

ぼくは、顔がひきつってないか注意しながら、訊《き》いた。

「ちなみに、いくらするんですか?」

「なんだ、井上君も欲しかったのか。残念だね。これは限定発売の貴重品で六万円もするんだ」

クラッとするような金額だ。ぼくの月収より多いじゃないか。

「ちなみに、この掃除のバイトは、時給いくらですか？」

「六百七十円だよ」

わからない……。先輩の価値観が、わからない。

「ひょっとして、先輩が身につけてるアクセサリーって、みんなそ
の手のオカルトグッズなんですか？」

ぼくの質問に、先輩は爽《さわ》やかな顔で、

「そうだよ」

って答えた。

眩暈《めまい》がするのを我慢してるぼくを放って、

「じゃあ、春奈君に霊能力がどれくらいあるか、確かめてあげようか？」

長曽我部先輩が、作業着のポケットからトランプを出した。

一枚を裏返したまま、春奈に訊く。

「さぁ、このカードは、赤か黒か？」

眉《まゆ》を寄せて考えた振りをしてから、春奈は答えた。

「うーんと、赤！」

先輩がカードをひっくり返すと、スペードのカードだった。

「残念だったね。じゃあ、これは？」

「えーと、赤！」

今度は、クローバーのカード。

「なかなか当たらないね。じゃあ、これは？」

「黒！」

ひっくり返すと、ハートのエースが微笑んでる。

その後も、春奈は外し続けた。

「うーん、残念だけど、春奈君の霊能力は皆無と言うしかないね」

五十二枚のカードすべてを外した春奈に、先輩が言った。

ぼくは、先輩が怪しまないうちに、春奈を連れて学生会館を出た。

生協前の自動販売機コーナーで、ぼくは春奈に説教する。

「あんなに簡単に能力《ちから》を使ったら、ダメじゃないか！」

「大丈夫よ」

パックの豆乳を買う春奈。

「一枚も当たらなかったわたしに、長さんは、まったく霊能力はないって思ってるわよ」

それだといいんだけど……。

その日の夜――。

ぼくは、無理矢理、夜桜見物に駆り出された。

「今川寮に行っても、いつも他の人が邪魔しにくるでしょ。だから、たまには二人っきりでデートしようよ」

こういう言葉に逆らわないことから考えると、ぼくは、やっぱり春奈のことが好きなんだろう。

場所は、T市の中心部にある京洛《きょうらく》公園。T市で花見ができるのは、ここだけだ。

最後の講義が終わって、そのまま京洛公園に行く。

「ねぇ、快人――」

歩きながら、春奈が不満そうに言う。

「わたし、夜桜見物に行こうって言ったよね？」

ぼくは、うなずく。

「じゃあ、なんでこんな早い時間に行くのよ。まだお日様が沈みきってないじゃない」

春奈の言う通りだ。今、夕日が西の山を赤く染めている。

「これじゃあ、夜桜じゃなくて夕桜よ！」

文句を言う春奈に、ぼくはビシリと言う。

「夕方に見ても夜に見ても、桜に変わりはない。それに、暗い夜より、夕方の方が明るくてよく見える。何より、遅い時間だと、九時という就寝時刻が守れなくなるじゃないか」

するると、春奈は、ぼくに聞こえるように大きな溜息《ためいき》をついた。

「わたしは、ライトアップされた桜の下で、ネクタイを頭に巻いて踊る酔ったサラリーマンを見たいのに……」

「……変わった趣味だと思わないか？」

「快人に言われたくないわ！」

反論された。

ぼくは、別に変わった趣味など持ってないけどな……。

そうこうしてるうちに、京洛公園に着いた。

ここは、お城があった場所を公園にしたもので、とても広い。野球場を五つ合わせても、京洛公園の方が広いだろう。中には池もあり、自然の起伏をそのままに、約千二百本の桜が植わってる。

ぼくらは、桜並木の小道を通り、公園中央の大きな広場に出た。

「ほら、夕方に来てよかっただろ。賑《にぎ》わってなくて、桜がよく見える」

ぼくは、誇らしげに言った。

今は、昼の花見と夜桜見物の、ちょうど間の時間。

たくさん並んでる屋台も、夜桜見物客目当ての仕込みで、忙しい。

桜の下には、段ボールやレジャーシートを広げて、場所取りをしてるグループがチラホラ。

夕日を浴びる桜は、霞《かすみ》がかかったように見え、とても美しい。

来てよかったなって、ぼくは思った。

その横で、

「酔っぱらいが一人もいないじゃない……。こんなの花見じゃないわ」

春奈がブツブツ言う。

よっぽど、ネクタイを頭に巻いて踊るサラリーマンが見たかったようだ。

「よし、こうなったら、シゲさんたちを呼び出してやるわ！ 酒盛りよ、酒盛り！」

春奈が携帯電話を取り出す、
ぼくは、慌てて取り上げた。

「バカなことをするんじゃない！ あの人たちを呼んだら、せっかくの風流な気持ちが台無しになるじゃないか！」

「風流なんて気持ち、風に流されちゃったらいいのよ！ それより、わたしは、酔っぱらいが見たいの！」

ぼくから携帯電話を奪い返す春奈。

「シゲさんに連絡して、今川寮の先輩たちと宴会よ！」

そのとき――。

「今川寮？」

男の人の声がした。

「きみたち、今川寮の関係者かい？」

広げた段ボールを敷き詰め、その中央に座った男の人が、ぼくと春奈を見ている。

「そうですが――」

ぼくが答えると、

「いやぁ、なんかうれしいな。すると、きみは、この春に入った新入生だね」

そう言って、名刺をくれた。

T市でも大きな証券会社の名前の下に、柳川忠司《ただし》の文字。

ああ、この人が、歓迎会のときに黒川さんが言ってた人だ。今川寮のイメージと結びつかない、とっても優秀な人。

「井上快人です」

ぼくは名刺を受け取り、頭を下げた。

「おれは、この春まで今川寮にいたんだ。ロンさんの同級生でね」

柳川さんに手招きされ、ぼくと春奈は靴を脱ぎ、段ボールに座った。

「まだ卒業して一月《ひとつき》にもならないのに、今川寮って聞くと、なんだか懐かしくなってね。失礼かとも思ったんだが、声をかけちゃった」

微笑む柳川さん。ネクタイも背広も新しく、敷き詰めた段ボールとの組み合わせが、まったくあってない。

「寮の連中は、みんな元気かい？」

「元気かどうかの判断は難しいですが、みんなたくましく、したたかに生きてます」

ぼくの答えに、柳川さんが声を出して笑った。

「それを聞いて安心した。みんな元気なんだ」

柳川さんの目は、キラキラしてる。その目を見たら、新社会人として頑張ってることが、すぐにわかる。

「柳川さんは、花見の場所取りですか？」

春奈が訊いた。

「そうだよ。毎年、新入社員の仕事になってるそうだ。今年は桜の開花が遅れたから、場所取りにずいぶん長い時間を取られてるよ。一昨日《おととい》、仕事が終わってから、ずっとここに座ってる」

柳川さんの背後には、寝袋やコンビニ弁当の空き箱が置かれている。

「その間、仕事は休みですか？」

「有給休暇になってるんだ」

サラリーマンって、たいへんだ……。

「でも、場所取りも今日で終わり。さっき、連絡があってね。もうすぐ会社の連中がやってくるんだ」

そう言って微笑む柳川さん。仕事を成し遂げた満足感で、輝いている。

ぼくは、まわりを見回して言った。

「でも、そんな前から場所取りをしてるのなら、もっといい場所が取れたんじゃないですか？」

ここは、桜並木の外れ——木も小さく、近くにはゴミ箱も置かれ、あまりいい場所には思えない。

「上司の命令だよ。この場所が、上司にとって、縁起のいい場所なんだそうだ」

理解できないって感じで、肩をすくめる柳川さん。

そして、腕時計を見る。

「いかん！　もうすぐみんながやってくる。それまでに、用意しないと！」

スーパーのビニール袋から紙皿を出し、それにつまみを並べ始める柳川さん。

ぼくは手伝おうかと思ったのだが、

「いいよ、いいよ！　これは、おれの仕事だからね。一人でやり遂げたいんだ」

柳川さんは、燃えるサラリーマンだ。自分の仕事に誇りを持っている。

ぼくたちがいると、邪魔のようだ。

ぼくと春奈は、靴を履いた。

「すまなかったね、デートの邪魔をして」

そう言う柳川さんと、別れる。


下宿への帰り道、夕飯を外で食べることになった。

言い出したのは、春奈だ。ぼくとしては、今川寮に帰って、自炊したかったのだけど仕方がない。

夜桜見物につきあってやらなかったっていう負い目もある。

「じゃあ、『ふらいぱん』へ行こうよ！」

春奈が、お洒落《しゃれ》で値段が高くて（おいしいけど）料理の量が少ないレストランの名前を言った。

ぼくは、そこまで妥協できない。妥協したくても、所持金がない。

ぼくは何も言わず、春奈を連れて、中村食堂の安っぽいアルミサッシのドアを開けた。

大学前にある『中村食堂』――ここは、一番安い定食が、二百円で食べられる。

「干物定食」

ぼくが注文したものが、それだ。この干物定食は、季節や材料の仕入れによって出てくる干物が違うという、とても融通の利く定食だ。

「ステーキ定食に、豚汁と野菜サラダ、ゆで玉子をつけて」

頬を膨らませた春奈が、『定食＋単品料理数種』という、金のない学生には禁じられた注文をした。

「金持ちなんだな、春奈は……」

感心して言うと、

「こんなときは、『女の子がそんなに食べたら太るよ』って言うものなのよ」

不機嫌な声が返ってきた。

「あ〜あ、せっかく今夜はお洒落に食事しようと思ってたのに……」

ブチブチ言う春奈。

「そりゃ、わたしだって、こういう庶民的な店は嫌いじゃないわよ。壁に貼ってあるメニューが油で汚れて読めなかったり、蠅取り紙が一年中ぶら下がってたり、古本屋へ持ってったら高値で引き取ってくれそうな大昔の雑誌を置いてたりしててもね——」

その言葉を聞いて、春奈はこういう店がすごく嫌いなんだなって、思った。

ぼくは、場の雰囲気をとりなそうと、明るく言う。

「そうバカにしたものでもないよ。ほら、見てごらん。味噌汁《みそしる》の椀《わん》に、ちゃんと蓋《ふた》がついてるだろ。少しでも温かいものをお客さんに食べさせようっていう料理人の気遣いが伝わってくるじゃないか」

「蓋をしないと、天井から埃《ほこり》が入るからじゃないの」

「……」

ぼくは、何を言っても無駄だと思った。

ここは、黙って食べるのが賢い。ぼくは、割り箸《ばし》を割った。

でも……。味噌汁の蓋が取れない。

味噌汁をこぼさないよう、微妙な力加減で、ぼくは蓋を取ろうとする。でも、取れない。

瞬間接着剤で引っ付けたみたいだ。

「快人は、もう少し行動に融通を利かさないとダメね」

春奈が手を伸ばし、椀の蓋を持った。そして、その手を捻《ひね》る。

あっけなく蓋は取れた。

「……手品？」

そう言うと、春奈は肩をすくめた。

「椀の中の空気が冷えて、蓋が取れなかっただけ。ちょっと捻るようにしたら、蓋は簡単に取れるのよ」

ぼくは、その説明に拍手した。

「なんだか、バカにされてるみたいな気分……」

春奈は溜息をついてるけど、ぼくは心底感心してるんだ。

まったく、まだまだ知らないことが多すぎる。もっともっと、学問に励まなければ！

そのとき――。

まったく唐突だけど、ぼくには、今川寮に出てくる幽霊の謎が解けた。

春奈が味噌汁の蓋を取ったように、あっけなくポルターガイストは正体を現した。


次の日、ぼくは講義の合間に長曾我部先輩を捜した。

掃除のおばさんに訊いたら、学内のどこかで掃除してるとのこと。

学内のどこかって言われても、どこから捜せばいいものか……。

M大学は、広い。信じられないくらい広い。その広い敷地内に、無計画に各学部の建物が並んでる。ここから一人の人間を捜すのは、ウォーリーを見つけるよりたいへんだ。

でも、最後の講義が終わり、みんながクラブやサークル活動を始めるころ、ようやく先輩を見つけることができた。

先輩は、農学部裏の芝生を刈っていた。

「労働の汗は、気持ちいいね」

先輩はそう言うけど、ちっとも汗をかいてない。

「お話があるんですが――」

ぼくが言うと、先輩は胡桃《くるみ》のような目を向けた。

「いいよ。もうバイトも終わりだし、ゆっくり聞かせてもらおうか」

先輩が軍手を脱いで、刈ったばかりの芝生に座り込む。

「いえ、ここではなんですから――今川庵《あん》に行きませんか？」

『今川庵』の名前を出しても、先輩の表情に変化はない。

「そうだな。たまには、大家さんがつくるうどんを食べるのも、悪くないな」

先輩が立ち上がった。


今川庵は、夕食の時間帯を迎え、ごった返していた。

「ああ、井上君、いらっしゃい！」

戸を開けたぼくを見て、今川さんは笑顔を向けた。でも、

「ああ……長曽我部君も、一緒か……」

先輩を見て、その笑顔が固まる。

「大家さん、お久しぶりです。四ヶ月分ほど家賃を溜《た》めてますが、今、一生懸命バイトしてますから、もう少し待ってください」

長曽我部先輩が、淀《よど》みなく言った。

「五ヶ月分だよ」

ピシリと言われて、先輩が頭をかく。

ぼくたちは、一番奥のテーブルに座った。

「井上君、もう寮には慣れたかい？」

お茶を持ってきた今川さんに訊かれた。

「はい」

「おれも、慣れましたよ」

先輩も主張したけど、無視された。

ぼくは、きつねうどんを注文する。先輩は、肉うどんにエビ天と玉子をトッピングしたものと大ライスを注文した。

「バイトしてると、お金に余裕があるんですね」

ぼくが言うと、

「え？　井上君が、奢《おご》ってくれるんじゃないのかい？」

先輩が、びっくりしたような声を出した。

そのときのぼくの表情を見てわかったんだろう、先輩は注文を素うどんに替えた。

「で、話って——？」

「寮に現れたポルターガイストや幽霊の謎が解けました」

「ほぅ」

先輩が、目を細める。ぼくは、大きな魚を前にした黒猫をイメージした。

「なかなかすごいじゃないか。もし、井上君がポルターガイストの正体を解明したのなら、戦闘員《したっぱ》の階級から出世できるよ」

別に出世したくないけどな……。

いや、今はあやかし研究会のことは、どうでもいい。

ぼくは、話し始めた。

「まず、最初は、ひとりでに開くドアです。あれは、ポルターガイストじゃありません。気圧差を利用した手品です」

「……」

「今川寮は、古い建物なのに、すきま風がありません。今川さんが言ってましたが、建築科の学生が修理して、すきま風が入らないようにしたって。そのため、とても気密性の高い建物になっています」

一〇五号室のドアを半開きにする。そして、廊下の奥のドアを開けると——。

「気圧差で、一〇五号室のドアは開きます。ポルターガイスト現象ではありません。で、これに関わったのは、建築科のロンさん。そして廊下の奥のドアを開けたのが、あの日寮にいたシゲさんかイチさん。おそらく、イチさんだと思います」

「どうしてだい？」

「シゲさんは、次の幽霊騒動で活躍してるからです。——その話をしてもいいですか？」

先輩が、どうぞっていうように、うなずいた。

「まず、幽霊の正体ですが、黒川さんです。黒川さんが長髪の鬘《かつら》をつけた姿を、ぼくは幽霊と間違えたんです」

「鬘ね……。黒川君は、そんな物を持ってるのかい？」

「演劇会で使う物でしょう。黒髪の鬘だったから、ラスカルではなくアンドレ役の物だと思います」

「オスカルだよ」

長曽我部先輩が、訂正する。そして、

「でも、幽霊の正体が黒川君だというのには、無理があるね。だって、きみが見た幽霊には、足が無かったんだろ。いくら暗かったといえ、廊下に人が立ってたら、足は見えるよ」

「黒川さんは、廊下に立っていたんじゃありません。黒川さんがいたのは、一〇四号室です」

ぼくは、手帳を出すと、今川寮の一階廊下を描いた。

「一〇四号室——黒川さんの部屋のドアを、四十五度の角度で開けます。ドアには、上半身だけが映る鏡がついています。このとき、協力者が、光量を抑えたライトで黒川さんを照らします。これで、玄関にいるぼくから見たら、廊下に幽霊が現れたことになります」

「……」

「次に、幽霊の消し方です。ドアを閉めればいいんですが、ぼくの目の前でそんなことをすれば、幽霊が鏡に映ったものだってことがバレてしまいます。つまり、一〇四号室のドアを見えなくする必要がありました。その仕事が、シゲさんだったのです」

あのとき、ぼくが悲鳴をあげると、シゲさんが一〇一号室のドアをバンと開けた。

その瞬間、ドアにさえぎられ廊下の奥が見えなくなった。

「一〇四号室にいた協力者は、シゲさんの『どうした！』という声を聞くと、そっとドアを閉めました。この協力者は、カラガクさんでしょう」

「東郷君に二上君、加藤君に黒川君、杉沢君――おれと平君は、まだ出てきてないようだけど？」

「長曽我部先輩については、あとで言わせていただきます。さて、平さんのしたことですが――」

表だった超常現象は、ポルターガイスト騒ぎと幽霊騒動だけだったように見える。

でも、実は、もう一つあったんだ。

「平さんは、ぼくが寝てる枕元に、幽霊になって現れていたんです。『うらめしやぁ～』

って。子ども騙《だま》しみたいですが、平さんの幽霊は、怖かったでしょうね」

寝不足で赤い目をしていた平さん。あれは、ぼくの枕元で『うらめしやぁ〜』をやっていたからだ。

あのとき、平さんは、うらやましそうな目で、ぼくを見ていた。

でも、本当は、なかなか起きなかったぼくを恨めしそうに見てたんだ。

「きみは、それに気づかなかったのかい？」

「平さんには悪いんですが、ぼくはすごく寝付きがいいんです。一度寝たら、朝まで目を覚ますことはありません」

「なのに、よく気づいたね」

それについては、ぼくは、何も言わない。

でも、しっかり催眠学習をしていたようだ。

『うらめしやぁ〜』って言葉が、無意識に、あんな形で表れるとはね……。

この件に関しては、あまりにもバカらしいので、先輩に言う気になれない。

以前、春奈と話してて、今川寮の裏に食堂があるって頓珍漢《とんちんかん》なことを言ったことがある。

あれは、平さんの『うらめしやぁ〜』って言葉を、無意識に記憶してたからなんだ。

「つまり、きみは、ポルターガイストや幽霊などの超常現象は起こってない。すべては、寮生が計画的にやったことだと言いたいんだね」

長曽我部先輩が言った。

「そうです。それで、その黒幕が、あなた――長曽我部先輩です」

ぼくは、ビシリと言った。

そう、長曽我部先輩が黒幕だって考えたら、シゲさんたちが妙に長曽我部先輩を畏《おそ》れてるのも、納得できる。

「いったい、なんのために、おれは後輩を使って幽霊騒ぎを起こしてるんだい？」

長曽我部先輩が訊《き》いてきた。

そう、これが一番わからなかった点だ。先輩たちは、どうして幽霊騒ぎを起こしたのか？

新入生のぼくを、驚かすため？――小学生じゃあるまいし。

考え抜いたぼくは、ようやく答えを見つけた。

「家賃を安くするためです」

「……」

「今川寮クラスの下宿なら、最低でも一万五千円――いや、二万円の家賃をとってもいいはずです。それが、一月一万円だけなんて、安すぎます。では、どうして家賃が安いか？それは、先輩たちが、『今川寮には幽霊が出る』って噂を流してるからです」

パチパチパチ……先輩が、拍手する。

「その前に聞かせてほしい。きみは、おれにこの話をして、どうするつもりなんだ？」

「事実が確認できたら、先輩たちがやってることを、今川さんに話します。家賃が高くなるのは困りますが、不正なことをしてまで、家賃を安くしようとは思いません」

ぼくは、長曽我部先輩を正面から見据える。

「不正を認めますか？」

すると、長曽我部先輩は大きな溜息《ためいき》をついた。

「まったく、井上君はバカ正直だね。そんな生き方をしていて、疲れないかい？」

「自分の信念に反した生き方をする方が、疲れます」

「なるほどね……」

ぼくは、もう一度訊く。

「不正を認めるんですね？」

先輩は、答えない。

素うどんの汁をすべて飲み干し、きちんと手を合わせてから、口を開く。

「一つ、賭《か》けをしないかい？」

長曽我部先輩の唇から、赤い舌がチロリと見えた。

「今から、大家さんに、今川寮へ入りたい者がいると言う。大家さんは、すぐに契約すると言うかどうか――」

「何を賭けるんです？」

「今夜の食事代で、どうかな」

　ぼくは、思い出す。

　ぼくが今川寮に入るとき、今川さんは、急いで契約させようとしていた。あの感じなら、新しく入りたいっていう者がいたら、間違いなく、すぐに契約しようとするだろう。

「わかりました。ぼくは、大家さんが、すぐに契約する方に賭けます」

「よし、賭け成立だ！」

　長曽我部先輩が、手を挙げて、追加注文する。

「すみませーん！　エビ天と玉子入りの肉うどんに、大ライス！　あと、ビールとトマトのぶつ切りください！」

　恐ろしい自信だ。

「百パーセント勝つ自信があるんですか？」

　ぼくの質問に、余裕の笑顔でうなずく。

　今川さんが、まずビールとトマトのぶつ切りを持ってきた。

「ああ、大家さん。実は、知り合いで今川寮に入りたいって奴がいるんですけど――」

　先輩が言った。

すると、今川さんは困った顔をして、

「うーん、どうかな……。実は、空いてる二〇三号室と二〇四号室を直そうと思ってね。新しく誰も入れる気はないんだよ。その子に、すまないけどあきらめてくれって言ってくれないかな」

と、言った。

その言葉に、先輩がニヤリと微笑む。

今川さんがテーブルから離れると、先輩はグラスにビールを注ぎ、一気に飲み干した。

「ああ、タダ酒はうまい！」

ぼくは、訊く。

「……どうして、今川さんが断るってわかってたんですか？」

「簡単なことだよ」

コポコポとビールを注ぐ長曽我部先輩。つまみは、ソースをかけたトマトのぶつ切り。

「八人目の入寮者のきみが、今川寮に慣れて、出ていく気配がないからさ」

八人目……？

先輩の言ってる意味が、さっぱりわからない。

「さて、今から少し長い話につきあってもらわないとならない。その前に、さっきからの質問に答えよう」

先輩が、人差し指を伸ばす。

「おれを除く今川寮の連中が、幽霊騒動を起こして家賃を安くしようとしている。これは、YES。井上君の話の通りだろう」

次に、中指が伸びる。

「おれが幽霊騒動の黒幕って話は、NO。寮の連中が何をやってるかなんて、おれには関係ない。それに、今川寮は、おれが入る何年も前——おそらく、寮ができたときから、家賃は一万円だ」

そして、薬指が伸びた。

「あと、連中のやってることを大家さんに告げ口するって井上君は言うけど、そんなことしても無駄だよ」

それだけ言って、先輩は運ばれてきた肉うどんを食べ始めた。

「どうして無駄なんですか？」

この質問の答えは、先輩が食べ終わるまで待たなければならなかった。

「大家さんが、連中が幽霊騒動を起こしてることを知ってるし、好都合だと思ってるからさ」

また汁まできれいに飲み干す先輩。

「幽霊が出るって噂があったら、家賃をずっと一万円のままにしておけるだろ」

どうして、家賃を一万円にしておかないといけないんだ……?

……わからない。

「井上君、きみも食べた方がいいよ。うどんが汁を吸って、団子みたいになってるじゃないか」

先輩が、ぼくの前のきつねうどんを指さす。

「食欲がないのなら、手伝ってあげるよ」

目に見えないような速さで割り箸《ばし》が伸び、きつねうどんから油揚げが消えた。

「さぁ、きみが食事をする間、BGMの代わりに話をしてあげよう」

満足そうに油揚げを食べる長曽我部先輩。

ぼくは、(今は、素うどんになってしまった)きつねうどんに箸をつける。

「井上君は、大家さんが『がっちり貯めましょう!』ってクイズ番組に出た話は、知ってるかな?」

ぼくは、うなずく。

「おれも、何度も聞かされた。このとき、大家さんは九十九万九千九百円を手に入れ、この今川庵を開店した。これが、プラスの出来事」

先輩が、壁に貼られた写真を見る。

「その十年後。大家さんは百万円の宝くじを当てた」

「それも、プラスの出来事ですね」

　ぼくが言うと、先輩は首を横に振った。

「違うよ。その直後、今川庵が焼けただろ。だから、百万円が当たったってことは、大家さんの中でマイナスの出来事になってしまったんだ」

　……そんなバカな。

　宝くじが当たったってことと、火事が起きたことには、何も因果関係がないじゃないか。

「井上君は、何かジンクスを持ってないのかい？　靴を履くときに必ず左足から履くようにしてるとか、デジタル時計の数字が揃ってるのを見たら、その日は運がいいとか――」

「ありません」

　ぼくは、すぐに答えた。

　そんな非科学的なこと、気にする方がおかしい。

「世の中、きみみたいに強い人間ばかりじゃないんだよ。大安や仏滅を気にしたり、黒猫が前を横切ると不安に思ったりするものなのさ」

　先輩の言葉で、ぼくは柳川さんを思い出した。

　あのとき、柳川さんは、ゴミ箱の近くで花見の場所取りをしていた。もっといい場所があるのに、上司に、その場所が縁起がいいからって言われたからだ。

「大家さんに話を戻すよ。クイズ番組と火事――この二つの出来事から、大家さんには一つのジンクスができてしまった。すなわち、『百万円以上の金を手に入れると、今川庵に災いが起こる』」

「……」

「大家さんにとっては、百より九十九がラッキーナンバーなんだ。きみは、ハクジュって知ってるかい？」

ハクジュ……？

「これですか？」

ぼくは、パチパチと手を叩《たた》いた。

「それは拍手だ」

「じゃあ、クシャミの音」

「それは、ハクシュン」

長曽我部先輩が、溜息をついた。

「受験には出ないかもしれないが、常識として覚えておきたまえ。白い寿って書いて、白寿。九十九歳の祝いのことだよ」

ふーん、そうなんだ。でも、

「なんで、九十九歳の祝いに白って漢字を使うんですか？」

「百の字から、一をとってみたまえ」

そう言われて、ぼくは頭の中で数式を書く。

百－一＝白

「……なんか、すごくくだらないような気がしますが」

「そうか。おれは、先人の偉大な知恵に感動するけどね」

「その先人の偉大な知恵が、何か今の話と関係があるんですか？」

「井上君も、大家さんの奥さんの旧姓は知ってるだろ」

確か、白さん……。

「大家さんにとって、大切な奥さん――幸運の女神を、九十九は表してるのさ」

ぼくは、今川さんを見る。

奥さんに頭が上がらないって言ってたっけ。

「これで、大家さんが百万円以上の金を手に入れようとしないわけが、わかったかな」

「今川庵の収入が百万円を超えるのは、いいんですか？」

ぼくが訊《き》くと、先輩がうなずく。

「だろうね。このジンクスは、あくまでも今川庵を守るためのものだから」

先輩が、ビールを飲み干した。

「さっきの賭け。大家さんが、新しく下宿人を入れないわけがわかったかな？」

ぼくは、頭の中で計算する。

ぼくを入れて、下宿人は八人。一月で八万円の家賃収入。一年では九十六万円。

もし、新しい下宿人が入り九人になったら、百八万円――百万円を超えてしまう。

「もし、きみが今川寮を出たら、大家さんは八人目の下宿生をすぐに入れようとするだろうね」

先輩が、ぼくを見る。

「どうする？　今川寮を出るかい？」

ぼくは、首を横に振る。

今川寮に入って、まだそんなに日がたっていない。でも、ぼくはこのオンボロ下宿が、すっかり気に入ってしまった。

家賃も安い。先輩たちは、変わった人ばかりだけど、悪い人じゃない。

幽霊騒ぎも、長曽我部先輩の話を聞いて、すっかり納得できた。

――いや、まだ、疑問が残ってた。

「どうして、今川寮の人は、長曽我部先輩のことを畏《おそ》れてるんですか？」

もし、先輩が幽霊騒動の黒幕なら、みんなが畏れてるのはわかる。でも先輩は、無関係。だったら、なんで長曽我部先輩は畏れられてるんだ？

しばらく腕を組んで考えたあと、先輩は、肩をすくめた。

「それこそ、おれにはわからないね。こんなかわいい先輩を怖がるなんて、あいつら失礼だよ」

頬に拳《こぶし》を当て、かわいさを強調する先輩。

「おれからも訊かせてくれ。どうして、井上君はおれを怖がらないんだ?」

先輩が、ぼくを見る。

ぼくは考えたけど、わからない。

「別に怖くないですよ。怪しげで不可解な人だとは思いますけど」

こう言ったとき、ぼくの心の中で、パラリという音が聞こえた。『痛恨の一言集』のページが開いた音だ。

先輩は、ぼくの答えを聞くと笑った。

今まで見たことのないような、温かい笑顔だった。

先輩が、椅子の背に体を預け、大きく伸びをする。身につけてるオカルトグッズが、チャラリと音を立てた。

「何年ぶりかで、誰かと一緒に夕飯を食べたけど、一人で食べるよりうまいもんだな」

そして、ぼくの方に勘定書きをすべらせる。

「特に、奢《おご》ってもらえるとなると、格別にうまい!」

また、先輩が笑った。今度の笑顔は、さっきの笑顔と違って、悪魔のような微笑みだった。

「ごちそうさま、井上君。これからもよろしくね」

この日、ぼくの『痛恨の一言集』に、新たな言葉が追加された。

ああ……。

第二話　地縛霊

「初心に返る！」

　ぼくは、拳を握った。

　この熱い気持ち以上に、今川寮の四畳半は暑い……。

　大学は、前期の講義が終わって、夏休みに入っている。

　一人暮らしを始めてからの四ヶ月を振り返ってみる。

　ぼくは、日々を真面目に努力して生活しようと考えている。その思いは、ほぼ達成できていると言っていいだろう。

　講義は真剣に聴き、夜は九時に寝て規則正しい生活を送る。これが、ぼくの生活信条だ。

　しかし――。

　水は、低きに流れる。

　朱に染まれば赤くなる。

　――ぼくの生活にも『堕落』という言葉が侵入し始めた。

　この四ヶ月で、九時に眠れなかったことが三度もあった。いずれも、同じ学科の仲間と語り合っていたり、レポートを書いていたりと、正当な理由があってのことだ。

　だけど、それに甘えていたら、ぼくの生活はズルズルと不規則になっていくだろう。

　これでは、ダメだ。

　そこで――。

ぼくは、もう一度言って、拳を握りしめた。

「暑苦しいから、燃えるのなら外でやってよね」

寝転んで、ダラダラと団扇《うちわ》を使ってる春奈が、うっとうしそうに言った。

「初心より、家に帰ろうよ。夏休みなのに、どうしていつまでも下宿にいるのよ。家に帰ったら、ご飯の心配はしなくていいし涼しいし、快適じゃない」

なるほど。

春奈の言うのも、もっともだ。

でも、ここで家に帰ったら、それは尻尾《しっぽ》を丸めた負け犬になるってことだ。

エアコンのない、この四畳半で夏の暑さに耐えてこそ、ぼくの精神は鍛えられる。

「なに偉そうに言ってるのよ。エアコンはおろか、扇風機すらないじゃないの」

キャミソールの胸元に団扇で風を送りながら、春奈が呟《つぶや》く。

そうなのだ……。

せめて扇風機を買おうとは思ってるのだが、なかなか金銭的余裕ができない。

今、この部屋の冷房器具といえるものは、近くの商店街でもらった団扇だけだ。ただ、気をつけないといけないことがある。腕を動かす運動による発熱量が、団扇の風による清涼感を上まわらないようにしないといけないってことだ。

「家庭教師のバイトも、しばらくお休みなんでしょ。家に帰らないんだったら、どっか涼しいところへ旅行しようよ」

寝転んだまま、ぼくの方へズリズリと這《は》ってきて、春奈が言った。

ぼくは、大きく息を吸い、春奈に言う。

「ちょっと、そこに座りなさい」

「あんなのよぉ」

気怠《けだる》そうに言って、壁にもたれる春奈。

本当は、ぼくのように正座してほしかったんだけど、我慢しよう。

「この暑い夏こそ、シャキッとしなければいけないと思わないか」

ぼくの言葉は、

「やだ！　暑いもん」

春奈がパタパタ動かす団扇に、吹き飛ばされた。

「快人も、第一ボタンぐらい外してよ！　見てるだけで暑苦しいわ！」

春奈が、ぼくのポロシャツの第一ボタンに手を伸ばしてくる。

「えーい、さわるんじゃない！」

ぼくは、その手を払いのけた。

「衣服の乱れが、心の乱れを招き、結果的に暑く感じるんだ！　春奈も、そんな金太郎の腹掛けみたいな服は止めて、ちゃんとした服を着たら涼しくなるぞ！」

　ぼくの言葉を、シラッとした目で聞いてる春奈。

「偉そうに言うけど、快人も『ペンギン』ばっかしてると、そのうちスーパーマーケットに手配書を貼られるわよ」

『ペンギン』っていうのは、ぼくら安下宿に住む者が考案した、金のかからない簡単な涼の取り方である。

　暑さに耐えきれなくなったとき、ぼくは、この方法を採用している。

　まず、スーパーへ行く。入り口で買い物かごを持つ。そのまま、冷凍食品売場まで直行し、あとは世間の目を気にせず、ひたすらボーッと佇《たたず》むのである。

　欠点は、立ちっぱなしなので疲れるということだ。

「お金のないぶん、いろんなことを考えるわね……」

　春奈が、ブルジョア階級の目でぼくを見る。

　哀れまれてるようで、辛《つら》い……。

　ぼくは、話を戻す。

「そこで、さっきも言ったように、『初心に返る』ことが大切になってくる」

「なによ。大学に合格したときの気持ちを思い出せっていうの？」

「そうじゃない」

ぼくは、机の引き出しから出した紙を、春奈の前に置いた。

春奈が、びっくりした顔をする。

「……こんな物を、よく今まで保管してたわね」

ぼくが出した紙——水色の色上質紙には、

『良《よ》い子《こ》の夏休《なつやす》みの約束《やくそく》』と書いてある。すべての漢字に振り仮名が振ってあるのは、一年生の子にも読めるようにっていう配慮からだ。

六年生のときに配られた、夏休みの決まりを得意げに見せるぼくに、春奈が呆《あき》れた声で言う。

「まさか、小学校の夏休みの決まりを守って、この夏を過ごそうなんてバカなことを言うんじゃないでしょうね……」

春奈の言うことには、一理ある。

確かに、十八歳になった現在《いま》となっては、バカらしいことも書いてある。

例えば、『遊《あそ》びに出《で》かけるときは、家《いえ》の人《ひと》に「だれと」「どこで遊《あそ》んで」「何時《なんじ》ごろ帰《かえ》ります」を必《かなら》ず話《はな》しましょう』とか『夕方《ゆうがた》は、六時《ろくじ》までに家《いえ》に帰《かえ》るようにしましょう』などは、ナンセンスだと思う。

これを守ろうと思えば、下宿を出るたびに実家へ電話をしなくてはいけなくなるし、六時に帰ってこようと思うと、家庭教師のバイトに行けなくなる。

「もちろん、この決まりすべてを守ろうなんて、ぼくは思ってない。ぼくは、小学生じゃなくて大学生なんだから。でも、中には良いことも書いてあるんだぞ」

ぼくは、『早寝《はやね》早起《はやお》きをしよう』とか『飲《の》み過《す》ぎや食《た》べ過《す》ぎに注意《ちゅうい》しよう』という文を指さした。

「これらは、十八歳の今でも、守った方がいいと思うな」

ぼくは、腕を組んで、うなずきながら言った。

「一つ訊《き》いていい？」

春奈の目が、冷たい。

「これは、守った方がいいこと？　それとも、大学生が守るにはバカらしいこと？」

春奈が指さしたところには、『朝《あさ》のラジオ体操《たいそう》には、進《すす》んで参加《さんか》しよう』と書いてある。

ぼくは、胸を張って答えた。

「もちろん、爽《さわ》やかな一日を始めるためには、朝のラジオ体操は外せないね」

それを聞いて、春奈は、夏休みの決まりを引き裂いた。

「あー！　何するんだよ！」

「ただでさえ暑いんだから、脳ミソが煮えくり返るようなこと言わないでよね！」

「暑いからこそ、ダラダラせずにシャキッとしようって言ってるんじゃないか！」

「その考え方が暑苦しいって言うのよ！」

大きな声で言い争ってたら、開けっ放しのドアにノックの音。

「この暑いのに、きみたちは仲がいいねぇ」

黒いタンクトップに黒い短パンの長曽我部先輩が立っている。

タンクトップの胸元から、入れ墨のように描かれた怪しげな紋様が見える。

「長さん、快人に言ってやってよ。快人ったら、大学生のくせに朝のラジオ体操するって言うのよ！」

そう言う春奈の口調は、「先生に言いつけてやる」っていう小学生みたいだ。

「それは困ったねぇ」

頭に濡《ぬ》れタオルを載せ、団扇を持った長曽我部先輩が、部屋に入ってくる。

先輩が動くたびに、身につけた無数のアクセサリーが、チャラチャラと動く。

初めて会ったころは、アクセサリーをたくさんつけたお洒落《しゃれ》な人だと思ったけど、それは勘違いだった。

長曽我部先輩が身につけてるのは、すべてオカルトグッズ専門店で買った物だ。

先輩を見るたびに、ぼくは操り人形を思い出す。普通の人間のように、笑ったり動いたりしてるんだけど、見えないところでは人形に戻ってるんじゃないかって思わせる。ぼくらがいる現実を舞台に、違う次元からやってきたマリオネット——それが、先輩に対するイメージだ。

いや、ひょっとすると、先輩は着ぐるみをきた宇宙人かもしれない。背中のジッパーをおろすと、中から大きな目の宇宙人が現れるんだ……。

……やっぱり、この部屋は暑いんだろうな。妄想に歯止めがきかない。

で、なぜか、ぼくは長曽我部先輩になつかれてる。

霊能力者の春奈にもなつかれてるし、どうもぼくに一般人は寄ってこないようだ。(以前、この話をしたら、春奈に『類は友を呼ぶ』って言われた)

ぼくは、先輩に訊く。

「そんなにアクセサリーつけてて、重くないんですか?」

「これらの中には悪霊除《よ》けのアクセサリーもあるからね。下手に外せないんだ」

悪霊除け……。

先輩自身が悪霊のような存在なのに、いったいどんな悪霊を除けるっていうんだろう……?

床に座った先輩が、春奈の持ってる団扇と自分の持ってる団扇を見比べる。

「春奈君、ちょっとその団扇を貸してくれないか」

そして、研究者が貴重な資料を扱うような慎重な手つきで、団扇を動かす。

「おお、さすがに新しい団扇は、来る風も新鮮だね」

先輩が持っていた穴の空いた団扇は、畳に放り出されている。

このとき、ぼくの団扇は、二度と返ってこないような気がした。

先輩は、胡桃《くるみ》のような大きな目を、ぼくと春奈に向けて言った。

「ときに、きみたちは、忙しいのかい？」

ぼくはうなずいたが、春奈は右手をヒラヒラ振って、

「暇で暇で困ってるの。長さん、何かおもしろい話ない？」

長曽我部先輩が、にっこり微笑む。

「そんなきみたちに、とっておきの話を持ってきてあげたよ」

――ちょっと待ってほしい。今、先輩は「きみたち」って言ったけど、ぼくは暇をもてあましてるわけじゃない。はっきり言って、忙しいんだ。

そんなぼくの抗議は、先輩に届かない。

「これを見てごらん」

先輩が、短パンのポケットから、折り畳んだ紙を出す。

上の方に、『夏のアルバイト募集』と大きく書いてある。

その下には、

夏は、やっぱり海！

海の家で、夏の思い出をつくってみま

せんか？
少しきついかもしれませんが、労働の汗は美しいです。
また、暇なときは、海で泳いだり、ボートに乗ったり、楽しく働けます。
［期間］お盆を挟んだ一週間
［給料］日給：一日四〇〇〇円
［待遇］住み込み三食つき
［時間］基本的に朝八時〜夕方五時まで
［仕事の内容］
・呼び込み
・アイス売り
・接客
・調理　等

「実は、おれの後輩──木村幸司《きむらこうじ》っていうんだけど、そいつが、錦ヶ原《にしきがはら》っていう海沿いの町の役場に勤めてるんだ」

先輩が、細長いタバコを出してくわえる。目で灰皿を探してるので、ぼくは仕方なく蚊取線香の受け皿を渡した。（ぼくの部屋は、禁煙なのに……）

「錦ヶ原は、地方の漁村でね。ご多分にもれず、過疎で悩んでる。そこで、昨年、人工ビーチをつくったんだ。役場も、海の家を出して、町に活気を取り戻そうと頑張ってる。ところが、町には海の家で力仕事をする若い衆がいない」

そりゃそうだ。若い人がいなくなってるから、過疎なんだもんな……。

「で、木村が、泣きついてきたんだ。『お盆が迫ってきてるのに、バイトが集まらない。先輩、なんとかなりませんか』ってな。そこまで言われたら、後輩から慕われてる面倒見のよい長曽我部慎太郎としては、黙ってるわけにはいかない。おれは、胸を張って引き受けたよ。『自分以外にも二人、心当たりがあるから心配するな』ってな」

ぼくは、手を挙げて訊いた。

「自分以外の二人って、誰のことですか？」

「おいおい、井上君は、本当にM大生かい？　今の話を聞いていてわからないようじゃ、現代国語の理解力に欠けると言うしかないね。きみと春奈君のことじゃないか」

そんなことくらい、わかってた。

ただ、素直に認めたくないってことを、表現したかったんだ。

「いい話じゃない。引き受けようよ」

楽しそうに言う春奈。

「ほら、暇なときは、海でも遊べるって書いてあるじゃん。リゾート気分でバイトできて、お金までもらえるって、最高よ！」

はしゃぐ春奈に、ぼくは虫眼鏡を渡した。そして、紙に書かれてる『基本的に』と『等』という、とっても小さな字を指さした。

そして、先輩に向かって訊《き》く。

「これは、どういう意味ですか？」

すると、先輩は遠い目をして、

「木村は、嘘のつけない性格だからな……」

タバコの煙を吐き出した。

そうか……。木村さんって、嘘はつけないけど、ごまかそうという気持ちはある性格なんだ。

「何、細かいこと気にしてんのよ！」

春奈が、ぼくの背中をバンと叩《たた》く。

「別にいいじゃない！　勤務時間が少しくらい長かったり、仕事内容がちょっと増えるくらい！　それより、海よ、海！」

すっかり海モード気分になってる春奈が、拳《こぶし》を振り回す。

「夏は、わたしたち若者の季節なのよ！　それが、なんで、こんな扇風機もない四畳半でくすぶってないといけないのよ！」

春奈が、長曽我部先輩から団扇《うちわ》を奪い返した。（春奈、ナイス！）

「決めたわ！　この夏は、リゾート気分でアルバイトよ！──というわけで、わたしと快人をバイトに連れてってね」

春奈が、先輩に微笑む。

先輩が、パチパチと拍手する。

ぼくは、慌てて二人をとめる。

「ちょっと待ってください！　春奈はともかく、ぼくはバイトに行けませんよ。いろいろとすることがあるんですから」

先輩は、ぼくの文句を黙って聞いたあと、壁を指さす。

そこには、墨で『あやかし研究会会則』と、書かれた一枚の紙が画鋲《がびょう》で留めてある。

その中の一条──『先輩の意見・提案に対して、戦闘員《したっぱ》は「はい《イー》」としか答えてはならない』

「……」

ぼくは、眩暈《めまい》がした。それは、この暑さのためだけじゃない。

「じゃあ、みんなで楽しくバイトに出かけようか」

先輩が言った。

ぼくは、

「はい」《イー》

と答えるしかなかった。

錦ヶ原まで、このT市から約二百キロ。

「長曽我部先輩、どうやって錦ヶ原まで行くんですか？　電車ですか？」

ぼくの質問に、先輩は指をチッチッチと振った。

「三人分の電車代を考えると、車のガソリン代の方が安くつくんだ。だから、おれの車で行こうと思う」

オレノクルマ……。

それを聞いたとき、なかなか頭の中で漢字と平仮名に変換されなかった。

「すっごーい！　長さん、車、持ってるの！」

春奈は素直に驚いてるけど、ぼくは冷静だ。

はっきり言って、この今川寮の住人で、裕福な人間はいない。イチさんが、ギャンブル

で稼いだ金を元に金貸しをやってるけど、上限が五千円の小金貸しだ。（利息は、すごいけどね）

なのに、長曽我部先輩が、車を持ってるなんて……。

「その車は、ちゃんと動くんですか？」

ぼくの質問に、

「失礼なことを訊くね、井上君は。もちろん、ちゃんと整備されてるよ」

「どこに置いてあるんですか？」

「自動車部のガレージだよ。あそこだと、駐車場代もかからないし、暇なときに整備もしてくれるしね」

そうか、自動車部が整備してくれてるのなら、安心だ。

ぼくは、取りあえずホッとした。

しかし、出発の朝――。

今川寮の玄関先にやってきた先輩と愛車を見て、ぼくは言葉を失った。

「きゃー、かわいい！」

春奈は喜んでる。ぼくは、訊いた。

「なんですか、これ？」

「おれの愛車に向かって、ずいぶん失礼な質問だね。これが、我が愛車――スズキジムニー360だ」

先輩の愛車とは、とても小さな四輪駆動車だった。

元は緑色をしていたのだろうが、長年の風雨にさらされたためか、今は錆《さび》が浮いて赤緑色になっている。

幌《ほろ》はついてない。フロントガラスは根本から倒してボンネットの上に載っている。座席は二つ。ドアはない。

「すごいですね。ちゃんとシートベルトがついてるじゃないですか」

ぼくは、心の底から感動して言った。

「当たり前のことに感心してないで、早く乗りたまえ」

サングラスをかけた先輩が、運転席に座る。当然という顔で、春奈が助手席に座った。

ぼくの席は……？

先輩が、黙って荷台を指さした。小さな折り畳みの椅子が二つついている。

ぼくは、その椅子にチョコンと座った。

「じゃあ、出発しようか」

先輩が、アクセルペダルを数回踏み込んでから、チョークをひき、キーを回した。

ガロン！

甲高い音をたて、エンジンがかかった。

「Ｈｅｒｅ ｗｅ ｇｏｅｓ！」

エンジン音に負けないよう、先輩が叫ぶ。

大学生三人を乗せて、なんとかジムニー３６０は走り出した。

とにかく、エンジン音と振動がすごい。加えて、幌が張られてないため、直接体に当たる風が痛い。

それに、暑い。

夏の太陽が、容赦なく降り注いでくるし、アスファルトからの照り返しがキツイ。

春奈は、フリルのついた白い日傘をさして、優雅に座ってる。長曽我部先輩は、普段から汗をかかない人だ。

ぼく一人だけが、アジの干物のように、荷台で太陽に炙《あぶ》られている。

ぼくは、蓋《ふた》をされたフライパンの中で蒸し焼きにされる玉子の気分を味わった。

「先輩、この車、エアコンはついてないんですか？」

荷台から、怒鳴るようにして先輩に言った。

「幌がないんだから、エアコンなんか不要だろ！」

そりゃそうだ。

「安心したまえ。エアコンはないが、カーステレオは充実してるんだ！」

先輩が、カーステにカセットを入れた。何か曲が流れてきたような気がするが、エンジン音がやかましくて、聞き取れない。

「この車のエンジン、もっと静かにならないんですか？」

「水冷二サイクル360ccのエンジンだ。これでも、静かな方だよ」

……我慢するしかないな。


約二百キロの道のりを五時間かけて、ぼくたちは錦ヶ原に着いた。

こんなに時間がかかったのは、途中、エンジンが焼きつかないように、何度も休憩しないといけなかったのと、最高速度が約八十キロしか出なかったためだ。（最高速度は、約八十キロだと思う。走行中、速度計の針が震えてて、なかなか正確に読めないのだ）

錦ヶ原の道は、T市と違って交通量が少ない。

片側一車線の道を行き交うのは、ほとんどが軽トラックだ。

すれ違う人たちが、ボロボロの車に乗ってるぼくたちを、不思議そうな目で見送ってくれる。

長曽我部先輩は、ジムニー360を役場の駐車場に停めた。

「着いた、着いた！」

先輩と春奈は、元気良く役場の中に入っていく。

ぼくは、車から降りると、まず柔軟体操をした。ずっと、ロダンの彫刻のような姿勢でいたので、体が固まってしまったのだ。

錦ヶ原役場は、鉄筋コンクリートの小さな建物だ。潮風から外壁を守るためか、薄い水色のペンキで塗られている。

建物の中は、冷房が利いていて、火照っていた肌がスッと冷えていく。冷蔵庫に入れられたアジの干物の気分だ。

長曽我部先輩は、天井から吊《つ》るされたプレートの文字を見て、進んでいく。

そして、『観光課』に行くと、

「おーい、木村君！　お言葉に甘えて、やってきたぞ！」

大きな声で言った。

役場内にいた人たちが、一斉にぼくたちを見る。

「長曽我部さん……」

観光課のプレートの下――一番端っこの机に座っていた若い人が立ち上がった。

そして、すごい勢いで先輩のところへ来ると、そのまま外へ引っぱり出す。

「……いったい、何があったんじゃい？」

ぼくのそばにいた、腰の曲がったおばあさんが、不思議そうに訊《き》いてきた。

「さぁ？」

首を捻《ひね》って、ぼくは答えた。

駐車場の隅にある大きなクヌギの木の下に、木村さんと長曽我部先輩がいた。

先輩は、タバコをくわえて微笑んでいる。

半袖《はんそで》シャツにネクタイ姿の木村さんは、先輩に向かって、何か一生懸命に話しかけている。


「何しに来たんですか？」

「つれない返事だね。海の家のバイトが見つからず、困ってると思って、わざわざ遠い道のりをやってきてあげたっていうのに」

「困ってませんよ。海の家のバイトは、ちゃんと見つかってるから心配いらないって連絡したでしょ」

「最近、今川寮の電話は調子が悪いんだ」

「あれだけはっきり、ぼくと話したのに、よくそんなことが言えますね！」

長身の木村さんが、首を折り曲げて先輩に話している。

先輩は知らん顔して、細長いタバコに火をつける。

「だいたい、最初からイヤな予感がしてたんです」

木村さんが、独り言のように呟《つぶや》く。

「先輩から電話があったときは、卒業した後輩が元気にやってるか心配しての電話だと思ったんです。だから、近況や仕事の悩みを、先輩に話したんです」

「そのときに言ってたじゃないか。海の家のバイトが、なかなか見つからないって」

「確かに言いました。でも、バイトに来てほしいとは、一言も言ってません」

「バイト募集の紙まで送ってくれたじゃないか」

「あれは、先輩が『アルバイト研究会』の人間として、研究資料にするって言うから……」

「とにかくだ――」

先輩が、伸び上がるようにして、木村さんの肩を叩《たた》く。

その姿は、できの悪い高校生の弟が、社会人のお兄さんにお小遣いをねだってるという感じだ。

「こうしてわざわざ来てやったんだから、グダグダ言わずに、おれたちにバイトさせようよ。それが、波風立たない解決法だとは思わないかい？」

「波風立ちまくりますよ！」

木村さんの血の叫び。

ぼくと春奈は、自己紹介してから、口を挟んだ。

「どうして、バイトに長曽我部先輩を雇うのを、そんなに反対するんですか？」

「そうよ、そうよ！　せっかく暑い中を、ここまで来てあげたのに、追い返す気なの！」

これは、切実な問題だ。先輩がバイトに雇われないってことは、ここまで連れてこられたぼくは、いったい何をしにきたのかわからなくなる。

「井上君や春奈さんは一年生だから、あまり知らないんだね」

チラリと先輩を見てから、木村さんが言う。

「長曽我部先輩は、『呪われたフリーター』って呼ばれてるんだ」

その言葉を聞いても、先輩は知らん顔だ。手を伸ばし、木にとまったセミを捕まえようとしている。

「先輩がバイトに行くと、不思議に不幸なことが起きる。売り上げや業績が落ちるなんてのは、幸せな方だ。ひどいときは、バイト先が倒産したり、不審火が出たりする」

「不幸な偶然だよ」

タバコの煙を吐き出しながら、先輩が言った。

そうか、こんな噂も、先輩が畏《おそ》れられる理由になってるのか。

木村さんが、キッとした目で先輩を睨《にら》む。

「冬休み、一緒に肉屋でバイトしたとき、ぼくだけが大風邪をひいたのも、不幸な偶然なんですか？」

「あれは、不幸な必然だね」

先輩が、タバコをもみ消す。

「あのとき、店頭での販売と冷凍庫から肉を出し入れする二つの仕事があった。肉の出し入れは、販売に比べて楽だからね。やさしい先輩としては、楽な方の仕事を、かわいい後輩に譲ってあげたってわけだ」

「そのかわいい後輩は、暖房の利いた店内と冷凍庫の往復で、風邪をひいたんですが……」

「気温差が五度以上あるところを出たり入ったりしたら、風邪をひきやすくなる——大学生だったら、誰でも知ってる常識だと思ってた」

「それにしても、どうして先輩には災いが起きないんでしょうね？」

不思議そうな木村さんに、当然という顔で先輩が答える。

「この『幸運を呼ぶネックレス』と『魔除《まよ》けのリング』、それから『福の神が好きな香水』のおかげだろうね。なんなら、このネックレスを半額の二万円で売ってあげるけど——」

ネックレスを差し出す先輩の手を、木村さんは邪険に振り払う。

先輩が、続けて言う。

「とにかく、せっかくおれたちが来たんだから、バイトさせてくれよ」

すでに、駄々っ子のような口調だ。

「それが、物理的に無理なんです。すでに、アルバイトの三人は決まっちゃってるんですから」

「だから、この場はあきらめてください」

ここまで言われたら、さすがの先輩も、あきらめるしかないだろう——ジムニー360に向かって歩き始めた先輩を見て、ぼくは思った。

「長曽我部先輩——」

運転席の先輩に、木村さんが慰めるように話しかける。

「今度は、バイトと言わず遊びに来てくださいよ。うまい魚が入ったら、連絡します」

誰が聞いても、誠意がこもってない台詞《せりふ》だ。

「本当？」

疑わしそうに木村さんを見る先輩。

「ええ。ちゃんと連絡しますから。必ず、連絡があってから来てくださいね、必ず！」

絶対に連絡はないな——誰が聞いても、そう思う台詞だ。

「木村君——」

先輩が、信じられないことを言い始める。

「きみは、おれたちの力が必要になる。おれたちは、明日の朝まで、この町にいる。いつでも呼びにきてくれ」

それを聞いた木村さんは、ポカンと口を開いた。

「え？」

でも、これ以上、先輩と関わり合いたくないのだろう。木村さんは、あっさりと言う。

「わかりました。もしそうなったら、遠慮せずに、先輩に助けてもらおうと思います」

そして、うれしそうに手を振る木村さんに見送られ、ぼくたちは錦ヶ原役場をあとにした。


先輩は、車を堤防沿いに走らせ、一軒の民宿の前で停めた。

「おばちゃん、部屋空いてる？」

中から出てきた民宿のおばさんに、先輩が言う。

おばさんは、先輩の異様な身なりに、少しばかり驚いたが商売優先と考え、

「こんなボロい民宿、いつだって空いてるよ」

と答えた。

満足そうに微笑む先輩。

ぼくは、小声で言った。

「大丈夫なんですか、民宿なんかに泊まって。ぼくも春奈も、そんなにお金持ってませんよ」

「安心したまえ。宿泊費は、役場の観光課が出してくれるよ」

——どこをどう考えたら、そんな結論が出てくるのか、ぼくは不思議だった。

「駐在さんは、面倒くさいから駐車禁止なんか取り締まらんしな」

「かまわんよ。そんなに交通量がある道じゃないし。駐在さんは、面倒くさいから駐車禁止なんか取り締まらんしな」


おばさんは、あっけらかんと言った。そういや、すれ違うスクーターが、みんなノーヘルだった。『無法地帯』って言葉が、頭の中で点滅する。

「先輩。ちゃんと駐車場に車を入れましょう。道路交通法は遵守しなければいけません」

すると、先輩は首を横に振る。

「バカなこと言うんじゃないよ。車を駐車場に片づけたら、おれたちを木村君が捜しにくくなるじゃないか」

——そんなことを考えてたのか、この先輩は……。

「どうして、そこまで確信を持って断言できるんですか？」

「ほれ、ほれ」

先輩が、首に下げた『幸運を呼ぶネックレス』と、指にはめた『魔除けのリング』を、ぼくに見せる。それから、パタパタと手であおいで、『福の神が好きな香水』の匂いを、送ってくれる。

そうか、福の神は、こんな匂いが好きなのか……。

「質問に答えてくれてませんが――」

「答えてるよ。おれは、『幸運を呼ぶネックレス』と『魔除けのリング』、『福の神が好きな香水』を身につけている。よって、必ずバイトができる。すごくわかりやすい答えだと思うけどな」

呆《あき》れたぼくは、もう何も言えなかった。

おばさんが案内してくれたのは、海が見える六畳の部屋。陽に焼けた畳は、麦畑の色をしている。

ここに先輩と泊まる。つまり、一人分の領土は三畳……。今川寮の四畳半にいた方が広かったな。

隣の部屋に荷物を置いた春奈が、やってくる。

「古いけど、いい民宿ね」

春奈は、満足そうだ。春奈の下宿――超高級学生マンション『エクラタン』に住んでると、こんな古い民宿が新鮮に思えるのかな。

「のんびりできるのは、今日だけだよ。明日からは、海の家のバイトで忙しくなるから」

窓枠に腰かけ、夕日で赤くなった海を見ている先輩。

「さて、夕飯まで散歩してこようかな」

先輩は、立ち上がると部屋を出ていった。

「幸せな人だ……」

先輩がいなくなった部屋で、ぼくは春奈に訊《き》いた。

「長曽我部先輩、本気で木村さんが頼ってくるって思ってんのかな？」

すると、春奈は重々しくうなずいた。

「世の中には、運の悪い人っているでしょ。木村さんは、まさにそれ——とっても運の悪い人よ」

「どうしてわかるの？」

「さっき木村さんを見たら、体のまわりに黒い雲みたいな物が、まとわりついてたの。あれ、アクウンよ」

悪雲……？　春奈に教えてもらった漢字を、『アクウン』にあてはめる。

信じないぞ、ぼくは！　そりゃ、春奈の霊能力は信じてる。でも、悪雲なんてものにまとわりつかれたら、運が悪くなるなんて……。ぼくは、信じない！

人間、努力すれば運が開けるんだ！

でも、ぼくの信念を、あっさり無視して、

「あれがまとわりついてる限り、木村さんの運が良くなることはないわね」

春奈は、断言した。

「わたしは未来を視るのは得意じゃないけど、困った木村さんは、きっと長さんを頼ってくるわ」

そうか……。

なんて、木村さんって可哀相な人なんだ。

そこまで考えて、ぼくは不思議に思った。

「あのさ、先輩を頼ってくるってことは、木村さんにとって最悪の状況を招くってことじゃないの？」

なんてったって、先輩は呪われたフリーター。先輩に関わるってことは、自ら運を捨てるようなものなのに……。

「仕方ないわね。なんせ、悪雲にとり憑《つ》かれてるんだから」

悪雲、恐るべし！

そしてぼくは、とっても気になってることを訊いた。

「ぼくのまわりにも、悪雲がまとわりついてるとか？」

笑顔で訊いた。春奈も、笑顔で聞いている。

でも、笑ったまま答えてくれない。

「いやいや、悪雲なんて信じてないよ。でもさ、ちょっと気になってさ。正直に教えてほしいな。ごまかしたりせずに」

でも、春奈は答えてくれない。

とってもやさしい笑顔で、ぼくを見ている。

ああ……。


夕食は、汁に干物が一品という粗末な物だったが、とってもおいしかった。やっぱり、魚は海沿いの町で食べるのが一番。

食後、お風呂《ふろ》で汗を流し（先輩は、汗をかいてないって理由で、風呂に入らなかった）、部屋でトランプをしていた。先輩は、何回やってもババヌキで春奈に勝てないので、少し機嫌が悪い。するとそこへ、木村さんがやってきた。

「先輩、本当に帰らずにいてくれたんですね！」

木村さんが、先輩に抱きつく。

「おれが言った通りだろ。きみは、おれの力が必要になってくるって」

先輩が、やさしく言う。

木村さんの目が、感動で潤んでいる。

「じゃあ、力を貸してくれるんですか！」

おおらかにうなずく先輩。

「先輩は、神様だ！」

また、木村さんが先輩に抱きついた。

ぼくは、春奈を肘《ひじ》でつついて訊く。

「今も、木村さんのまわりに悪雲が見えるのか？」

「真っ黒。——黒すぎて、木村さんの姿が見えないくらい」

そうか……。

つまり、先輩を頼った段階で、木村さんは最悪の選択をしてしまったというわけか。

「で、何があったんだ？」

先輩が、タバコに火をつけて訊いた。

「明日からバイトに来るはずだった三人が、車に乗っていて交通事故を起こしたんです。幸い、三人とも命は助かったんですが、まだ意識が戻らない重体なんです」

「それは——災難だな……」

眉《まゆ》をひそめて呟《つぶや》く先輩。でも、よく見ると、その表情が『バイトできる喜び』で笑い出したいのを我慢してるってことが、わかる。

「今からだと、代わりのバイトを見つける時間もないし、課長からは、『おまえの担当なんだから、なんとかしろ！』って言われるし。ほとほと困ってたんですよ。でも、ぼくには、こんな神様のような先輩がいることを思い出して——」

木村さんが、涙を拭《ぬぐ》う。

「おれの有難みが、よくわかっただろ」

とっても恩着せがましく、先輩が腕を組む。

その間、ぼくは考えていた。

この交通事故——本当に、ただの事故なんだろうか？

夕方、散歩に出かけていた先輩。ひょっとして、何か交通事故が起こるような仕掛けをしにいっていたのではないだろうか？

ぼくは、この疑問を小声で春奈に言った。

「それはないわね。そこまで悪いことをしたら、先輩のまわりには、邪気が渦巻いてるはずよ」

「邪気ないの？」

「あるのは、無邪気ね」

確かに、春奈の言う通り、バイトができる喜びで、先輩は無邪気に笑ってる。

ぼくは、感動で涙を流してる木村さんに訊いた。

「その事故は、どこで起こったんですか？」

「ここから車で三十分くらい山の中へ行ったところだけど——」

木村さんが、説明してくれる。

「猪神《ししがみ》村っていう小さな村が、山間《やまあい》にあるんだ。バイトしてくれるはずだった三人っていうのは、猪神村の人でね。事故が起きたのは、そこと錦ヶ原町の間の道だよ」

往復で、一時間の場所が現場か……。

先輩は、三十分くらいで散歩から帰ってきた。つまり、アリバイが成立してるってわけだ。

ぼくは、腕を組んで考える。どこかにアリバイトリックがあるはずだ。

そんなぼくを、春奈がつついてくる。

「快人の考えてること、わかるよ。でも、長さんが事故を起こしたってことはないわね」

「どうして？」

「だって、バイトをするはずだった三人が、猪神村の人間だなんて、知らなかったでしょ」

確かにそうだ。

「それに、その三人が、揃って車で出かけるなんて、先輩が知るわけないでしょ。犯行は、不可能よ」

実に論理的な春奈の台詞《せりふ》。

でも……でも、何かトリックがあるのかもしれない。

ぼくは、あきらめず木村さんに訊く。

「それは、本当に交通事故だったんですか？　何か、車に細工がしてあったとか、不自然なところは見つからなかったんですか？」

木村さんは、不思議そうにぼくを見てる。なんで、そんなことを訊くんだろうってだ。

「警察は、ただの事故で処理してるよ。それに、その場所は、昔から事故の多いところで、この四年間で死亡事故が何度も……」

だんだん、木村さんの口調がゆっくりになる。

それにつれて、目の焦点があわなくなる。

「変だ……。あんなまっすぐの道で、どうして何度も交通事故が起きるんだ……」

そして、ハッとした顔で長曽我部先輩を見る。

先輩は、クリッとした目で木村さんを見返す。

「どうかしたのかい？」

「いっ、いえ！　なんでもありません！　とにかく、明日からのバイト、よろしくお願いします！」

そして木村さんは、転がるように部屋を出ていった。

「変死した人間の魂は、地縛霊になる。死んだ場所に縛り付けられる霊のことだよ」

真剣な口調で、先輩が言った。

そして、そのままの目で、春奈が持った二枚のカードを見る。

右か、左か——？

先輩が、左のカードを取った。ジョーカーのカード。先輩の肩が、がっくり落ちる。

それでも、

「井上君、おそらくきみの頭の中では『自爆霊』になってるだろうから、ちゃんと『地縛霊』に変えてくれたまえ」

ぼくに注意を促す気力は残ってるようだ。

「この地縛霊は、ある研究報告によると、その場所の半径五十メートルくらいしか動けないそうだ」

ある研究報告って言うけど、どこの研究報告なんだろう……？

今度は、春奈が先輩の持ってる二枚のカードに手を伸ばす。

春奈は、無造作に右側のカードを引いた。

ジョーカーのカードが手元に残った先輩は、畳にドサッと倒れる。

そして、苦しい息の下から、声を絞り出す。

「地縛霊は、長い間、苦しく寂しい思いをしなければならない。だから、仲間をつくろうとするんだ。同じ場所で交通事故が多発したり、変死をした人の部屋で怪奇現象が起きたりするのは、地縛霊の仕業だよ」

そう言ってる先輩の方が、なんだか地縛霊のようだった。

「長さん、ババヌキ弱いんだね。これで二十五連敗だよ」

春奈が、哀れむように言った。

「しかし、これでますます忙しくなったな」

復活した先輩が起き上がる。

「どうしてですか？」

素朴なぼくの疑問に、先輩が肩をすくめる。

「井上君、きみはまだ『あやかし研究会』の会則を覚えてないのかい？　困ったもんだね。それだから、きみはいつまでも戦闘員《したっぱ》なんだよ」

賭《か》けてもいい。幹部候補生の春奈だって、会則を全部覚えてないはずだ。いや、一つも覚えてないに決まってる。

先輩が、一つ咳払《せきばら》いする。

「あやかし研究会の会員は、身近で起こった超常現象を報告する義務がある——忘れてないだろうね？」

ぼくは、うなずいた。

確かに、そんな会則が書かれていたような気がする。

「では、明日のバイトが終わったら、さっそく調査して報告しようか」

うれしそうな先輩。

この人は、不思議な現象が起これば、それだけで楽しくなるオカルト大好き人間なんだ。

海の家のバイトが始まった。

始まった瞬間に、勤務時間に書いてあった『基本的に』八時から五時までという意味がわかった。

なぜなら、今は午前六時。

普段は起床する時刻に、ぼくはすでに浜辺にいた。午前五時、民宿に乗り込んできた木村さんに、拉致《らち》連行されたのだ。

ぼくたちの前には、二階建ての木造建築。白いペンキで塗られたお洒落《しゃれ》な建物だ。

これが、錦ヶ原役場が総力をあげた海の家『トロピカル ハウス』だ。

いつもより一時間も寝不足だが、働く場所を見ると、全身に気合いが入る。

「よし、頑張ろう！」

ぼくが拳《こぶし》を固める横で、春奈と長曽我部先輩が、立ったまま寝ている。目を開けたままってのが、不気味だ。

「では、浮輪やビニールボートなどのレンタル品を出すことから始めましょう。それがすんだら、自動販売機の補給。同時に、食堂部分の掃除！」

矢継ぎ早に指示を出す木村さん。

恐る恐る手を挙げる先輩。

「あのぅ、木村君……。朝ご飯は、いつ食べればいいのかな?」

キッと目を向けて、

「仕事の合間に、素早く食べてください!」

冷たい声で言った。

「さぁ、仕事にかかりましょう!」

木村さんの号令で、ぼくは働き始めた。

春奈と長曽我部先輩も、夢遊病者のような足取りで、掃除したり浮輪やボートを並べ始める。

しかし、海の家のバイトが、こんなにきついとは思わなかった。

木村さんは八時半に役場へ行ってしまい、その後は、ぼくたち三人だけで仕事をした。

特に忙しかったのは、昼食時。

食堂へ来たお客さんから注文を聞き、配膳《はいぜん》、会計。

料理は、地元のボランティア主婦部隊がやってくれてるんだけど、そのお手伝いもしなくてはならない。

なかなか役に立たない春奈と長曽我部先輩は、このボランティア主婦部隊に怒鳴られながら働いている。

木村さんは、

「仕事の合間に、食事や休憩を素早くとってください」

と、言ってくれてたけど、その『仕事の合間』ってのがない……。

朝食、昼食、休憩なしで、ぼくは働き続けた。

先輩と春奈は、テーブルを片づけるときに、ちゃっかり客の残した物を、つまみ食いしてたけどね。

夕方になって、レンタルしてた浮輪やボートの返却確認。そして片づけ。返ってきてないレンタル品があったので、浜を捜索。そのあと、返ってきてないレンタル品を捜索に行ったまま帰ってこない長曾我部先輩の捜索。

それから、売店、食堂部分、店頭の掃除。

ほうきを使って、砂を掃き出す。

このころになると、いつまでも働けるような陶酔感がわいてくる。マラソンのときの『ランナーズハイ』と同じで、『ハードバイトハイ』状態になっている。

こうして、午後七時――。

浜辺に人気《ひとけ》がなくなったころ、初日のバイトが終わった。

民宿に帰ったぼくは、疲労で畳に倒れ込む。

その横では、お膳を隣の部屋から運んできた春奈と、長曾我部先輩が、モシャモシャと夕食を食べている。

「いやぁ、労働のあとのご飯は格別だな！」

干物の骨も残さず食べてる先輩。

「井上君は、食べないのかい？　ダメだな、そんなことじゃ。夏バテするよ」

勝手なことを言って、ぼくの分の夕飯にまで手を出してる。

お嬢様育ちの春奈も、ご飯をおかわりしてる。

はっきり書いておこう。ぼくの食欲がないのは、一生懸命バイトして疲れきってるからだ。先輩と春奈が食欲旺盛《おうせい》なのは、適当に手を抜いてバイトしてるからだ。

まぁ、いい。

明日の朝も早い。今日は九時ではなく、八時に寝ることにしよう。

すると、

「さあ、食事も終わったし、出かけようか」

長曽我部先輩が立ち上がった。

風呂《ふろ》へ行くのだと思い、ぼくもタオルを持って立ち上がる。

先輩の不思議そうな顔。

「タオルを持って、どこへ行くんだい？」

「お風呂に決まってるじゃないですか」

先輩の、は？　という顔。

「何を言ってるんだ。今から行くのは、地縛霊のところに決まってるじゃないか」

ぼくの、は？　という顔。

「昨日も言っただろ。あやかし研究会の会員は、身近で起こった超常現象を調査・報告する義務があるって」

……確かに。

「じゃあ、先輩と春奈だけで行ってきてください。ぼくは、お留守番してますから」

ぼくの提案に、先輩が指をチッチッチと振る。

「それでは、いつまでたっても戦闘員《したっぱ》のままだよ。おれは、早く井上君に、高い位まで来てほしいんだ」

別に、ぼくは高い位に行きたくないんだけどな……。

先輩は、楽しそうに暗視カメラやビデオカメラ、集音マイクなどを用意する。

どうして、この元気をバイトのときに発揮してくれないんだろう……。

ぼくは、人生の不条理をなんとか表現しようと思ったのだが、疲れていてできなかった。

バッグから虫除けスプレーを出した春奈が、ぼくに吹きかける。

「人間、あきらめが肝心よ」

ぼくは、殺虫剤をかけられたゴキブリのような気分だった。

夜風を浴びながら、ジムニー360は走る。

海辺の町から山へ。

途中、道が二つにわかれていた。

まっすぐ行くと、車が一台しか通れないような、狭い曲がりくねった旧道。

右に行くと、片側一車線の新しい道。

「地縛霊がいるのは、こっちの道か――」

そう決めつけて、先輩が新しい道にハンドルを切る。

緩やかな坂道が、山の中へ向かってまっすぐ延びている。

民宿から三十分走ったあたりで、先輩は車のスピードを落とした。

道の脇に、小さなお地蔵様があった。

「ここだな」

先輩が、ジムニー360を停めた。

対向車線を見ると、スリップ痕《あと》が派手についている。

道の両脇には、背の高い木。その一本のまわりにガラスやプラスチックの破片が散らばっている。

山が、昼間に溜《た》めた熱気を吐き出してる。聞こえるのは、虫の声だけ。

ぼくたちは、車から降りた。

「でも、不思議ね。どうして、こんな走り易そうな道で、交通事故が何件も起きるのかしら？」

春奈が、お地蔵様に手を合わせる。

あまり古い物じゃない。きっと、最初の事故が起きたときに祀《まつ》られたのだろう。

先輩も、お地蔵様を拝む。

「お地蔵様を置いても、無駄だろうね。この場は強力な地縛霊に支配されている。これからも、ここでは悲惨な事故が起きるだろうな」

厳しい顔の先輩。

ぼくは、春奈を肘《ひじ》でつついて訊いた。

「ここに、地縛霊っているの？」

首を振る春奈。

「何にもいないわよ。地縛霊も浮遊霊も、何にも――」

そして、ぼくの顔を見る。

「快人、地縛霊とか信じてるんだ？」

ぼくは、慌てて否定する。

「そんなわけないだろ。ぼくは、おまえの霊能力は信じてるけど、そんな幽霊とか地縛霊とか、非常識な物が本当にあるわけないじゃないか！」
そう、この世の中で大切なのは、理性、常識、科学！
ぼくの世界に、地縛霊が存在する余裕はない！
地縛霊が交通事故を起こしてるなんてバカなこと、信じられるわけがない！
あれ……？
この瞬間——。
ぼくは、不思議なことに気づいた。
地縛霊など存在しない。存在しないものが、事故の原因になるはずがない。
だったら、どうしてこの場所で交通事故が多発するんだ？
ぼくは、車で通ってきた道を見る。
まっすぐな道が見える。そして、その道は、まっすぐ猪神村へ上っている。
猪神村に向かって右側は、雑木林。
左側も雑木林なんだけど、すぐ緩やかな斜面になっていて、渓流が見える。
居眠り運転でもしなけりゃ、事故なんか起こしようのない場所だ。
木々の間を通った冷たい風が、ぼくたちの頬をなでる。
「ほら、気温が下がってきた。霊現象が起こる前兆だ！」
長曽我部先輩は、うれしそうだ。

そりゃ深夜になれば、気温も下がるよ。

ぼくは、時計を見た。午後十時半――。

あれ、もうこんな時間……。

ぼくの意識が消える。


「まったく、急に眠っちゃうんだからね」

爽《さわ》やかな朝日の下《もと》、先輩がブチブチと愚痴ってる。

「あのあと、たいへんだったんだからね。きみは、何をしても起きないし、春奈君と二人で部屋に運び込んで――」

ぼくは、黙って先輩の愚痴を聞いてる。

「風邪をひくといけないと思って、布団を何枚もかけてあげたんだ。本当に、感謝してもらいたいよ」

そうか……。それで、アフリカのジャングルで汗だくになって鍋焼きうどんを食べてる夢を見たのか。

「というわけで、今日、おれと春奈君は疲れてる。あとは――言わなくても、わかってるね？」

にっこり微笑んで、ぼくの肩を叩《たた》く長曽我部先輩。

ぼくは、うなずくしかなかった。

春奈が慰めるように、ぼくに言う。

「よく頑張ってたと思うわよ。いつもは九時に寝る快人が、十時半まで起きてたんだから」

「……」

「でも、わたしも快人の世話で疲れてるの。だから、あとはよろしくね」

……つまり、今日は一人で三人分働かないといけないってわけか。

バイトが終わったころ、ぼくは燃え尽きていた。

先輩と春奈が、少し手伝ってくれたのが、幸いだった。（完全にサボってると、たまに見回りに来る木村さんに怒られるのだ）

夕飯を食べようと思っても、食欲がない。

昨日から、五キロくらいは体重が落ちたのではないだろうか。

今日こそは、風呂に入って早く寝るんだ。

そう思って立ち上がったとき、

「おっ、今夜は気合い入ってるね。でも、そのタオルはいらないよ」

長曽我部先輩が、ぼくが手に持ってるタオルを見て言った。

すごくイヤな予感がした。

「じゃあ、行こうか──」

先輩の指先にひっかけられたジムニー360のキーが、ゆらゆら揺れた。

「昨夜、行ったから、もういいじゃないですか」

ぼくの泣き言は、先輩に届かない。

「井上君は、『現場百遍』って言葉を知ってるかな？」

先輩の胡桃《くるみ》のような目が、ぼくを見る。

「そんな決まり、『あやかし研究会会則』に書いてありましたっけ？」

ぼくが訊くと、

「いや、この間やってた刑事ドラマの台詞だ」

先輩が答えた。

昨日と同じようにジムニー360に乗せられ、現場へ。

「刑事は、足で証拠を集めるんだ」

そう言う先輩は、老刑事みたいだ。

昨日と同じ場所で、車から降りる。

先客がいるのか、黒塗りの大型高級車が停まってる。ジムニー360がミニカーに見えるくらい、立派な車だ。

お地蔵様の前に、一人の男の人が立っている。

「こんばんは」

先輩が、にこやかに手を挙げる。まったく、物怖《ものお》じしない人だ。

男の人が顔をあげた。六十歳くらいかな。でも、老いてるというイメージはない。角張った顔で、唇が厚い。意志の強そうな目が、先輩を見る。

「いやぁ、夜になっても、なかなか涼しくなりませんね」

世間話を始める先輩。

「あなたも夕涼みですか？」

「……いや」

警戒しながら、男の人が答えた。

逆に、ぼくたちに訊いてくる。

「きみたちは、猪神村の人間かね？」

「いえいえ。おれたちは、バイトで錦ヶ原に来てるM大の学生です」

「そうか」

男の人から、肩の力が抜けたようだ。

笑顔をつくって、名刺を出す。

「失礼。わたしは、こういう者だ」

男の人が出した名刺には、県会議員という肩書きと、大山庄一《おおやましょういち》という名前が書かれていた。

「きみたちも、M大か。わたしも、M大出身なんだよ」

ふーん、M大を卒業《で》て議員さんになってる人もいるんだ。

満月というには少し欠けた月が、ぼくたちを照らしている。

先輩は、名刺を指の間でクルクル回した。

「県会議員さんが、何をしてるんですか？」

「先日、ここで事故が起こったと聞いてね。意識不明の重体だと言うじゃないか。だから、現場を見ておこうと思ってね」

そう説明する大山議員は、紳士的な笑みを浮かべている。選挙活動用の笑みだろう。

「たいへんですね、議員さんって」

「わたしは、県民の幸せのために働くのが仕事だよ。たいしたことじゃない」

──どうして、政治家の言葉って重みがないんだろう？

「じゃあ、事故が起こるたび、あなたは現場に出かけてるんですか？」

先輩の質問に、大山議員は首を横に振った。

「いや、そうじゃない。ここへきたのは、この道路をつくるよう働きかけたのが、わたしだったからだよ」

大山議員が、まっすぐ延びる道を見る。

「この先には、猪神村しかない。たった一つの村のために、道はつくれない。その考えから、猪神村は、ずっと陸の孤島のような状態だった。錦ヶ原へ行くのには、車が一台しか通れないような細い峠道だけ。だから、わたしは各部署に働きかけて、この道をつくったんだよ」

胸を張る大山議員。

「というのもね、わたしは小さいときに猪神村に住んでたんだ。病気になっても、大きな病院へ行くには、細い峠道を行くしかない。本当に不便だったよ」

大山議員が、遠い目をして言った。

春奈は、そんな大山議員をジッと見ている。

先輩が、口を開く。

「じゃあ、猪神村の人は、あなたに感謝してるでしょうね」

すると、大山議員が無表情になった。

見開いた目で、ぼくたちを見つめる。

その口が、開いた。

「当然、感謝してるだろうね」

そして、ニヤリと笑う。

「じゃあ、わたしはこれで――」

大山議員が、ぼくたちに背を向け、黒塗りの車に戻った。

慌てて運転手が出てきて、後部座席のドアを開ける。

「――あの人、なんだか可哀相……」

車が走り去ってから、春奈が言った。

「どうして？」

「憑《つ》かれてる。自分で呼び寄せたから仕方ないって言えなくもないけど……。今は、憑かれたものに、操られてる」

春奈が、自分の肩を抱く。寒くない季節なのに。

ぼくは、訊いた。

「憑かれてるって、何に？」

「邪気……」

そのあとの記憶がない。

どうやら、九時をはるかに過ぎて、眠ってしまったようだ。

いや、疲労のためか、記憶がはっきりしない。

眠ってしまったのは、その前の夜のことだったっけ……？

「まったく、昨夜は苦労したよ」

この先輩の愚痴も、なんだか聞き覚えがある。

「眠ってしまった井上君を運んで、おれも春奈君も疲れてる。——このあと、何を言いたいかは、わかるね？」

確かに聞いたことがある。既視感《デジャ・ヴュ》って、やつだな。

ぼくは、働いた。

意識が朦朧《もうろう》としてきたけど、そんなことを言ってる暇はない。

お金をもらってる以上、一生懸命に働く義務がある。

ぼくは、働いた。


夕方、ネクタイを締めた木村さんがやってきた。

「明日は、海の家を閉めます。ゆっくり休んでください」

「どうしてだい？　まさか、井上君や春奈君の勤務態度が悪いから、クビにするつもりじゃないだろうね」

自分の勤務態度を棚の奥深くにしまいこんで、先輩が言った。

「そうじゃないですよ。台風が来てるんです」

知らなかった……。そういや、忙しくてテレビもラジオも聴いてないからな。

海を見ると、いつもより波が高い。白い波頭が、忙しそうに現れては消えていく。風も強くなってきてるようだ。

遠く——水平線近くの空が、気のせいか黒い。

「一つ、質問。明日は休みとして、バイト代はもらえるのか？」

先輩が、手を挙げた。

「働かないのに、どうして出さないといけないんですか？」

「だけど、おれたちは一週間契約でバイトに来てるんだ。そっちの都合で、『明日は休みでバイト代は出さん』って言われても、納得できないな」

「じゃあ、明日、無理に海の家を開きますか？　誰もお客さんは来ないと思いますが」

木村さんと長曽我部先輩の、激しい口争いが、台風が迫ってきてる浜辺で繰り広げられた。


朝——。

長年の習慣通り、ぼくは午前六時に起きた。

窓の外は、いつもより暗い。空を見ると、灰色の雲が、通勤電車に乗ろうとしてるかのように、忙しそうに走っていく。

海も、昨日より波が高い。

さてと……。

ぼくは、布団をあげると、部屋の掃除を始めた。

先輩は、手足を思いっきり広げて寝てる。邪魔なので、布団ごと廊下に出す。

掃除を終え、朝食を食べ、それからの時間を写経して心を落ち着かせる。

先輩が起き出してきたのが十時。十分遅れで、

「おはよぉ〜」

春奈が、部屋に来た。

寝起きの二人は、すっかり冷めてしまった朝食を、無言で食べる。

「さぁ、食事も終わったし、出かけようか」

先輩が立ち上がる。

筆を持っていたぼくの手が、ピタッと止まる。写経により落ち着いていた心に、ザワザワと、さざ波が立つ。

「出かけるって、どこへですか？」

訊《き》きたくないけど、ぼくは訊いた。

「猪神村だよ」

予想していた答えだけど、やっぱり聞きたくなかったな。

「どうして猪神村へ？」

「調査だよ。地縛霊を生み出した原因は、必ず村にあると思うんだ」

「そうですか。では、気をつけて行ってきてください」

さりげなく言って、ぼくは筆を持つ。

でも、見逃してはくれなかった。

「何言ってるんだい、井上君は。おれたちは、同じあやかし研究会の会員。仲間じゃないか！」

知らない人が聞いたら、とても爽《さわ》やかな台詞《せりふ》に聞こえるんだろうな。

ぼくは、溜息《ためいき》をついた。

今日は、せっかくの休みなんだから、ゆっくり体を休めたかったのに……。

民宿のおばさんに三人前のお弁当をつくってもらい、ぼくたちは出発した。

いつ降り出してもおかしくない空を、車は走る。（降ってきたら、どうしたらいいんだろう……？）

先輩は、新しい道を通らず、古い峠道を選んだ。

「どうして、新しい道を通らないんですか？」

ジムニー360の後部座席に、ぼくはしがみつく。道が狭い上に、連続するコーナーのおかげで、ぼくは舌をかみそうだ。

「昔の道が、どれだけ不便か体験しておくのも、悪くないと思ってね」

道は、一車線の幅しかない。ところどころに待避所がつくられてる。対向車が来たら、どちらかが待避所まで戻らなければいけないんだろうな。

ガードレールは、いたるところに車がぶつかったあとがあり、へこんだり錆《さ》びたりしている。

そして、三十分以上もジェットコースター気分を味わって、ようやく猪神村に着いた。

ぼくと春奈は、車酔いしない体質を神に感謝した。

先輩は、車を村の入り口に停めた。

猪神村は、山と谷川に挟まれた細長い村だ。畑と田圃《たんぼ》の間に、民家が点在している。

なんだか、百年くらい昔にタイムスリップしてしまったような気分になる。

「こんにちは——」

先輩が、畑の横にある農具小屋を片づけているおばあさんに、声をかけた。

「たいへんですね。台風対策ですか?」

にこやかに話しかける先輩。

おばあさんは、オカルトグッズをチャラチャラさせる先輩に、不審そうな目を向ける。

「ぼくらは、怪しい者じゃありません」

先輩が言うけど、『怪しい者じゃありませんって言う者=怪しい者』っていう公式を知らないのだろうか。

「ぼくらは、M大学で民俗学を学んでいる者です。夏休みを利用して、猪神村でフィールドワークしてるんです」

先輩は、平然と嘘をつく。民俗学を学んでるのは、ぼくと春奈だ。先輩は……何学部なんだろう……？

でも、M大生と聞いて、おばあさんの態度が変わった。

M大学は、地元唯一の国立大学。そのため、お年寄りの中には、M大の学生というだけで品行方正、学業優秀という目で見てくれる人が多い。（もちろん、実際は、そうでない学生もたくさんいるのだが……）

「そうか、そうか。M大の学生さんか。夏休みでも、しっかり勉強してるんじゃの」

おばあさんが、警戒心を解いて、目を細める。

「で、ふぃいるどわぁくって言ってたが、なんじゃそれは？」

畑の土手に腰を下ろすおばあさん。ぼくたちも、その横に座った。

先輩は、『ふぃいるどわぁく』の質問には答えない。先輩自身、よくわかってないんだろう。

「大山議員も、M大出身だそうですね」

先輩が言うと、おばあさんは皺《しわ》だらけの顔を歪《ゆが》めた。

「ああ、大山んとこの小せがれか。ふん、村を出てった奴等のことは、関係ないわ」

あれ？

ぼくは不思議に思う。村への新しい道をつくった大山議員は、村人から感謝されてると思ったのに。

「大山んとこは、小せがれが小さいときに、村を出てったからの」

そう言うおばあさんに、ぼくは言う。

「でも、村のことは忘れてませんよ。でなきゃ、あんな立派な道をつくったりしません」

すると、おばあさんは、フンと横を向いた。

長曾我部先輩が、場をとりなすように口を開いた。

「いい村ですね。静かで」

確かに。

今は台風が迫ってて曇り空だけど、天気が良かったら、ピクニックに来たいような村だ。

「静かなだけで、なーんもありゃせん」

おばあさんは、『なーんも』を、肺活量が続く限り伸ばして答えた。

「なーんもありゃせんが、自分らが食べるだけの作物は、なんとか採れるしな。不自由はない」

その言葉に、先輩が黙り込む。

首を傾げて、何かを考えてる。

そして、まわりの畑を見回した。

ぼくも、先輩の真似をする。

でも、先輩が何を考えてるのかはわからない。

突然、先輩は立ち上がった。動きに合わせて、全身のオカルトグッズが音を立てる。

「ありがとう、おばあさん。——台風の被害がないといいですね」

そして、振り返らずに歩いていく。

「長曽我部先輩、どうしたんですか、急に？」

ぼくと春奈は、先輩を追いかけた。

「井上君も春奈君も、不思議に思わなかったのかい？」

追いついたぼくたちに、振り返らず先輩が言う。

「畑を見てごらん」

立ち止まった先輩が、手を水平に動かす。

ぼくと春奈は、まわりの畑を見た。

ネギやキャベツ以外に、トマトやキュウリ、トウモロコシがつくられている。どれもこれも、よく実ってる。

ごく普通の畑だ。

何か、不思議なことがあるんだろうか……？

「この村の名前は、猪神村。名前に『猪』がついていることから、猪がたくさんいることが想像できる。なのに、畑のまわりには、猪への対策が何もしてないんだ。普通なら、畑を囲むように電線を張り巡らし、弱い電流を流したりするものなのに」

言われてみれば……。

畑の周囲には、柵《さく》も何もない。なのに、作物に被害はなく、よく実ってる。

ここで考えられるのは、二つ。

一つは、この山に猪はいないということ。もう一つは、村に猪はやってこないということ。

先輩が、歩き出す。

「どこへ行くんですか？」

そう訊《き》くぼくに、

「お寺だよ。こういう山奥の村では、お坊さんがいろいろ情報を持ってるもんなんだ」

その言い方を聞いてると、先輩の方がはるかに文化人類学科の学生みたいだ。

村外れ——。

細い道がだんだん急勾配《きゅうこうばい》になり、苔《こけ》むした石段が現れる。

太陽は雲の向こうにいるんだけど、どんどん気温が上がってきてる。

蒸し暑い。シャツが背中に貼り付く。

「暑いのなら、第一ボタン外しなさいよ……」

春奈が手を伸ばしてくるが、さわらせない。やせ我慢と言いたきゃ言え。

石段を上ったところに、小さなお寺があった。

鐘《かね》撞《つ》き堂から、鐘の音が聞こえる。

ぼくたちが音の方に行くと、年取ったお坊さんが鐘をついていた。

「こんにちは」

先輩が声をかけるが、お坊さんは答えない。黙々と鐘をついている。

数分後、最後に大きく鐘をつくと、お坊さんは片手で拝んだ。

そして、ぼくたちの方へ鐘撞き堂から下りてくる。

「失礼。十一時の鐘を鳴らしていたので——」

お坊さんが、ぼくらの前に立つ。

小柄で痩《や》せたお坊さんだ。かなりの年なんだろうけど、背筋がシャンと伸びている。

「何か、ご用ですかな？」

お坊さんが、長曽我部先輩に言った。先輩の全身オカルトグッズ姿を見ても、顔色を変えない。かなりの修行をつんでるようだ。

先輩は、丁寧に一礼してから口を開いた。

「この村について教えていただきたいことがあるんです」

「村の何を？」

そう訊き返されて、先輩は黙ってしまった。具体的な質問内容までは考えてなかったみたいだ。

ぼくは、助け船を出す。

「猪について、教えていただけませんか。この村の畑や田圃は、猪対策を何もしてませんよね。これは、山に猪がいないからですか？　それとも、村に猪が入ってこないからですか？」

すると、お坊さんは一度目を閉じてから、静かに話し始めた。

「この村は、昔、シシガキ村と呼ばれてました。それが、いつの間にか、猪神村と呼ばれるようになったのです」

シシガキ……？

どこかで聞いたことがあるような気がする。

そして、ぼくは思い出した。

六年生の夏休み。ぼくと春奈は、自由研究で『猪垣《ししがき》』のことを調べた。

猪垣とは、猪が入ってこないようにするための、石や木を積み上げた垣根のことだ。

地方によって高さは違うけど、小学校のときに調べたものは、高さ一メートルほどで、街をグルリと取り囲んでいた。

「猪垣についてご存じなら、話が早い」

お坊さんが言う。先輩は、首を捻《ひね》ってるから、あとで説明することにしよう。

「猪は、段差にぶつかると、乗り越えようとせずに、段に沿って進む性質があります。江戸時代、この猪垣が村のまわりにつくられました。それ以来、猪は村の作物を荒らしていません。しかし――」

お坊さんの顔が、一瞬、曇った。

そして、

「村の者は、猪垣より、猪神様を信じてます」

昔話をしてくれた。


昔、猪垣がないころ。

田や畑は、猪に荒らされました。

困った村人は、猪を捕まえては殺していました。

たくさんの猪が殺され、たくさんの作物が荒らされました。

そしてあるとき、猪の神様――猪神様が、村に来て言いました。

「もう、猪に作物を荒らさせない。その代わり、人間も、猪を殺さないでくれ。この約束を守る限り、猪神は村を守ろう。だが、約束を破れば、村に災いをもたらす」

それ以来、村人は猪神との約束を守っています。

「──村の人は、猪に作物を荒らされないのは、猪垣のおかげではなく、猪神様のおかげだと思ってるんですか？」

ぼくの呆《あき》れた声に、お坊さんはうなずく。

「猪垣を、猪は越えることはできない。それは、猪の習性から明らかなことなんです。だけど、村の人たちは、なかなか納得することができませんでした。あんな低い石垣で、猪が入ってくるのを防げるとは思えない。やはり、猪神様と約束したからなのではないか。──その気持ちが、猪神様を信じる気持ちを生んでいったんです」

「でも……そんなの、おかしいわ」

春奈が呟《つぶや》く。

「村の人たちにしたら、猪神様を信じない方がおかしいってことになるんですよ」

お坊さんが、泣き笑いのような顔で言った。

「そりゃ、猪神様などバカらしいと考える人も大勢いた。その人たちは、猪を平気で殺した。でも、その後、何か不幸な出来事が起きたら……。それは、猪を殺したからってことになるんですよ。作物のできが悪い。雨が降らない。子どもが転んで骨を折った。――これらすべてが、猪を殺したからってことになってしまうんです」

春奈が、ぞくりと体を震わせる。

こんな真夏に、寒いんだろうか……？

「快人は、呑気《のんき》でうらやましいわ」

春奈が、溜息《ためいき》をついて、ぼくを見る。

「何か不幸なことが偶然に起こったら、快人ならどうする？」

ぼくは考えて、答えた。

「仕方ないってあきらめる」

「じゃあ、その不幸の原因がわかったら……猪を殺したから不幸が起こったってわかったら……？」

ぼくは考える。そして、答えた。

「やっぱり同じだよ。仕方ないって、あきらめる。だって、猪を殺したことと、不幸が起きたことには、なんの関係もないじゃないか」

「世の中、そうは考えない人も、たくさんいるのよ」

春奈が、できの悪い弟に話しかけるように言う。

「人間の気持ちは、弱いものなの。不幸な出来事が起こったとき、仕方ないってあきらめられないの。なんでもいいから、責任をとらせたいって思うの。例えば、運の悪いことが起きたとき、『あいつが猪を殺したからだ。あいつが猪を殺さなければ、こんなことは起こらなかった』――そう考えて、誰かのせいにしてしまえば、気持ちが楽になるの」

……そんなものなんだろうか。

ぼくは、神も仏も信じてない。(もちろん、地縛霊を含む超常現象も信じてない)

何か良いことが起こったら、それは運が良かったからか、ぼくの日頃の努力の賜《たまもの》だ。別に、神様のおかげじゃない。

逆に悪いことが起こったら、運が悪かったか、自分に落ち度があったと考える。神様のせいにするつもりはない。

「世の中、快人みたいに、神様を寄せつけない生活してる人ばかりじゃないの」

春奈が、呆れたような声で言った。

「それで、昔、何か事件が起こったりしたんですか?」

先輩が、お坊さんに訊いた。

「いやいや。みんな、猪を殺さないように気をつけて暮らしてる。それだけの話ですよ」

そう言うお坊さんは、なんだか無理に話をまとめようとしてるように見えた。

「もう一つ聞かせてください。県会議員の大山庄一さんって、この村の出身ですよね」

先輩の問いに、お坊さんがうなずく。

「どうして、村を出たんですか？」

「詳しいことは、わかりません。ただ、大山議員が小さかったとき、急病になって、病院へ行くのがたいへんだったからということを、聞いたことがあります。今でも、新しい車に荷物を積んで、村から大山家が引っ越したのを、覚えてますよ」

なるほど。

ぼくは、さっき通ってきた道を思い出した。確かに、子どもが急病で焦ってるときに、あの道を通るのはたいへんだ。

「それで、大山議員は、立派な道をつくったんでしょうかね？」

「その通りでしょう。村を出て何年もたつのに、わしらのために道をつくってくれるなんて、本当にありがたいことですよ」

お坊さんが、両手を合わせ、目を閉じた。

その後、ぼくたちは車に戻った。

急激に天気が悪くなってきている。

だんだん強くなってきた風に、山の木が大きく揺れ始めた。

「長曽我部先輩、もし雨が降ってきたら、どうするんですか？」

ジムニー360に屋根はない。もちろん、幌《ほろ》も積んでない。

「井上君、きみは自然の法則について、どう思うかね？」

エンジンをかける長曽我部先輩。

こんな質問をされて、すぐに答えられる人間が、日本に何人いるだろうか？

「雨が降ったら濡《ぬ》れる。これが、自然の法則だよ」

……訊くんじゃなかった。

村を出て、すぐに雨が当たってきた。

台風の風に乗った大粒の雨が、ビシバシと体を打つ。スピードを出せば出すほど、雨は弾丸のようになってきた。

助手席の春奈は、畦道《あぜみち》で拾ってきたビニールシートを、ちゃっかり被《かぶ》っている。

先輩も春奈も、まだフロントガラスがあるから平気かもしれないけど、ぼくは消防車の放水を浴びてる気分だ。

「痛い、痛い！　先輩、もう少しスピードを落としてください！」

ぼくは叫んだ。

すでに、体は川に飛び込んだみたいに濡れている。

先輩は、車のスピードを落として道の脇に停めた。

そこは、ちょうど大きな木の下。

道に向かって大きく枝葉を広げた木々が、天然の傘になっている。

「あー、台風って、すごいな……」

そう言う先輩は、なんとなくうれしそうだ。

びしょ濡れの髪の毛をかき上げ、空を見上げてる。

あれ？　黒いタンクトップから見える胸に、いつもの紋様がない。この雨で、流れてしまったみたいだ。

大きく伸びをする先輩。なんだか、長い眠りから覚めたように、爽《さわ》やかな顔をしている。

そのとき、春奈が、車から降りた。激しい雨の中を、道の先に向かって走っていく。

「どうしたんだ、春奈！」

呼びかけても答えない。

ぼくと先輩も、車から降りて後を追う。

春奈は、百メートルくらい進んだところで、立ち止まった。そして、道の脇に転がってるお地蔵様を元に戻す。

ああ、ここは事故の現場じゃないか。

お地蔵様を元通りにした春奈は、手を合わせる。そして、持っていたビニールシートを、頭に被せてあげた。

「お地蔵様が、可哀相だよ。転がってるのに、誰も直してくれないし……」

春奈が呟《つぶや》いた。

ぼくは、お地蔵様を見る。雨に濡れたお地蔵様。かわいい顔をしてるだけに、なんだか不気味に思える。

いや、そうじゃない！

ぼくは、激しく頭を振って、今の考えを閉め出す。

お地蔵様は、お地蔵様。ただの石の塊だ。

事故現場に置かれたお地蔵様を不気味に思う気持ち——そんな気持ちが、地縛霊を生み出してるんじゃないか。

ぼくは、もう一度、頭を振る。髪の毛から、雨粒が飛び散る。

地縛霊なんか、ない。すべては、人間の頭が生み出した幻影だ。

そのとき——。

「地縛霊なぞ存在しない。この場所で事故が起こるのは、すべて科学的に説明できるよ」

ぼくの隣から聞こえてきた。

声がした方を見ると、長曽我部先輩しかいない。じゃあ、今の台詞《せりふ》は、先輩？

「どうかしたのかい、井上君？」

不思議そうな顔のぼくに、先輩が言う。

「春奈君も井上君も、よく聞きたまえ。ここで事故が起こるのは、地縛霊の仕業？——そんなバカな説明で、きみたちは納得できるのかい？」

ぼくは、自分の耳を疑う。

でも、確かに今の言葉は、先輩の口から出てきている。

オカルト大好き人間の先輩が、こんなことを言い出すなんて……。

先輩、何か悪い物でも食べたんだろうか？

「繰り返すけど、地縛霊など、この世には存在しないんだよ。この世に存在するのは、明確な因果関係のみ。そこには、あやかしなど介入する余地はない」

先輩が断言した。

そして、先輩は車に向かって歩き出す。

「さぁ、帰ろうか。このままでは、風邪をひいてしまう」

ぼくは、その背中に向かって訊く。

「先輩——先輩は、どうしてこの場所で事故が何度も起こるか、わかったんですか？」

先輩は振り返らない。でも、その頭が、うなずいたのが見えた。

台風は、次の日の夜まで暴れていった。

幸い、海の家もボロ民宿も被害はなかった。浜には、様々なゴミが打ち上げられ、それらを掃除するために、いつもより二時間早く木村さんに起こされた。

掃除をしながら、ぼくは先輩に訊いた。

「先輩、事故の原因を教えてください」

すると、先輩は眠そうな目をぼくに向けて言った。

「事故の原因？　そんなもの、地縛霊の仕業に決まってるじゃないか」

「……」

最初は、寝ぼけてるのかと思った。

この間と、言ってることが百八十度違うじゃないか。

大きく伸びをする先輩。そのタンクトップの胸から、怪しげな紋様が見える。

「ああ、これ？　この間の雨で消えちゃったからね。ちゃんと書き直したんだ。おれって、几帳面《きちようめん》だろ」

ぼくは、黙ってうなずいた。

オカルトマニアで、あやかし研究会の課長である長曽我部先輩。

その生活は、オカルト百パーセントで、規律と秩序を大切にしているぼくの理解を軽く超えている。

非日常を愛し、非現実の世界をたゆたい、あらゆる出来事を超常現象で解決しようとする先輩。

でも、そんな先輩が、以前に一度だけ論理的に物事を考えたことがあった。

あれは、京洛公園の池に落ちて、胸の紋様が消えたとき。

そのあと、先輩は、近所で起こっていた化け猫騒動の裏に隠されていた真実を、見つけ出してしまった。

普段は平凡なヒーローが、何かのきっかけで超人に変身するって話は、マンガなんかでよく見かける。でも、先輩の場合はまったく逆だ。

普段は超変人の先輩が、胸の紋様が消えれば、常識的な思考ができる普通の人になるんだ。

そして、今回の地縛霊事件——。

胸の紋様が消えた先輩は、

「事故が同じ場所で起こるのには、ちゃんとした理由がある」

って言った。

つまり、長曽我部先輩には、論理的に謎が解けてるってことだ。

あー、じれったい！

だいたい、ぼくの方が先輩より常識を守り、日々努力して生きてるんだ。

なのに、どうして先輩に解けた謎が、ぼくに解けないんだ！

そのときからバイトの最終日まで、ぼくは考え続けた。

おかげで、さんざんミスをした。

「あんたは、昔から二つのことを同時にできるような器用さは、持ってないんだから」

春奈が、哀れむように言う。

このころになると、すっかり仕事に慣れた春奈と先輩は、能率良くバイトをこなしていた。

なんで、ぼくの方が頑張ってるのに、報われないんだろう……？

「兄ちゃん、そう落ち込むなや。人生、生きてりゃええこともあるって！」

ボランティアのおばさん軍団が、ぼくの肩をバンと叩《たた》いて慰めてくれる。ぼくの味方は、おばちゃんたちだけだ。

でも、人間、努力すれば必ず報われるんだ。

そう――考え続けたぼくは、ようやく答えを見つけることができた。

これなら、あの場所で事故が連続したことを、論理的に説明できる。

ぼくは、先輩に追いついた！

一週間働いて、二万八千円のバイト代を木村さんから受け取る。

「消費税がついて二万九千四百円になるんじゃないのか？」

わけのわからないことを先輩が言うけど、木村さんに無視される。

「お世話になりました」

　春奈は、丁寧に頭を下げて、お金の入った封筒を受け取る。

　お嬢様育ちの春奈にしてみたら、自分で働いてお金をもらうなんて、初めての経験だ。

「長曽我部先輩、本当にありがとうございました。おかげで、錦ヶ原役場主催の海の家は、無事にお盆期間を乗り切ることができました」

　木村さんが、先輩と目を合わさないようにして言う。

　原稿を棒読みしてるような口調だ。

「なぁに、気にするなよ。困ったことが起きたら、いつだって、遠慮なく呼び出してくれよ」

　おれは、気さくな先輩だからねって感じで、先輩が木村さんの肩をポンと叩いた。

「じゃあ、気をつけて――」

　さりげなく、先輩に叩かれたところを、サッサッと払う木村さん。

「なんだよ、なんか早いところ追い出したくて仕方がないって感じがするな」

　頬を膨らませる先輩に、

「そんなことないですよ。ただ、早く出発しないと、日が暮れて危ないでしょ。事故でも起きたら、たいへんじゃないですか」

　木村さんの言い訳は、嘘っぽいと思った。

ぼくは、ボランティアのおばさん軍団に囲まれる。

「兄ちゃん、どんな不幸な星の下に生まれても、生きてりゃきっと良いことあるから。気を強く持ってな」

ぼくの見送りは、おばさん軍団。

新聞紙にくるんだ干物を、山のようにもらった。

そして、ジムニー360は、錦ヶ原をあとにした。


「先輩！」

後部荷台に座ったぼくは、エンジン音に負けないよう、大きな声で先輩に言う。

「もしよければ、寄り道してくれませんか？」

「どこへ？」

「交通事故の多発現場——お地蔵様の場所です」

先輩は、何も答えない。

でも、黙ったまま、車を猪神村への道へ走らせてくれる。

夕焼け空が、オレンジ色のクレヨンで塗ったみたいだ。

道の両側では、ヒグラシがやかましい。

車から降りた春奈は、お地蔵様に手を合わせる。

その姿を見ている先輩に、ぼくは話しかける。

「ぼくの推理を、聞いてもらえますか？」

「推理？　なんの？」

先輩は、ぼくの方を見ずに、シャツの胸ポケットからタバコを出した。

「この場所で、どうして事故が多いのか——その推理です」

「……どうぞ」

細長いタバコをくわえた先輩が言った。

「道の脇の木にぶつかる。これが、ここで起きる事故の特徴です」

チラリと先輩を見る。

先輩は、タバコをくわえて目を閉じている。ぼくの話を聞いているのかどうかわからない。でも、ぼくは勝手に話し始めた。

「まるで、運転手が居眠りをしていたかのようです。では、本当に居眠りをしていたのでしょうか？　仮に、居眠りをしていたとしても、どうして、この場所でばかり居眠りをするのか？」

「答えが見つかったのかい？」

目を閉じたまま、先輩が訊《き》いてきた。

ぼくは、首を横に振る。

「いいえ。だから、居眠り以外に、事故の原因を考えました。そして、見つけました」

先輩が、ぼくを見る。

「聞かせてもらおうか」

「運転手は、道を横切ろうとした獣を避《よ》けようと、ハンドル操作を誤ったのです。そして、木にぶつかったりしたのです」

「だって、そんなのおかしいよ」

春奈が、口を挟んできた。

「人間、そんなにやさしくないよ。タヌキやイタチが飛び出してきたって、避けたりしない。平気で撥《は》ねとばしてるじゃない」

確かに、春奈の言う通りだ。

山道では、車に撥ねられたタヌキやイタチが、よく死んでいる。

でも――。

「もし、飛び出してきたのが、タヌキやイタチではなく、猪だったら……」

ぼくは、猪神村で会ったお坊さんの話を思い出しながら言う。

「村の人たちは、咄嗟《とっさ》にハンドルを切るだろうね。その結果、車が木にぶつかるとしても」

猪神村の人は、猪を大切にしている。いや、大切にしているなんてレベルではない。神格化し、崇《あが》めているような感じだ。

ぼくは、春奈に言う。

「日本史概論の講義で、生類憐《あわ》れみの令について、教授が話してただろ。あれは、将軍綱吉のやさしい心が生み出した法令ではなく、どんなくだらない法令でも、幕府の命には従わなければならないと世間に知らしむための試みだと、自分は考えるって」

「あら、残念。たまたま、その講義は欠席してたみたいね」

シレッとした顔で、春奈が言った。『たまたま』の言葉の使い方を間違えてるような気がするけどな。（欠席率八割を、『たまたま』って言ってもいいのかな？）

「ぼくは、あの講義を聴いていて考えたんだ。今の世の中、幕府の命令や法律より、人々が従うものは何かなって。春奈は、なんだと思う？」

「……やっと涼しくなってきたね。お盆を過ぎて、これから過ごしやすくなるのかな」

独り言を呟いて、ぼくの質問が聞こえなかった振りをする春奈。

まぁ、いい。

「それは、世間の目だよ。猪神村の人たちの中には、『猪を殺すな？　そんなの勝手だろ』って思ってる人は、いるはずだ。確かに、あらゆる行動は、個人の勝手——自由だよ。でも、まわりの人が、それを許さなかったら……。

『猪を殺す――なんてことを！　そんな奴は、村八分だ！』――そんな人たちに囲まれた中で、個人の信念を貫き通すことができる強い人間は、少ないだろうね」

陸の孤島のような猪神村。人々は、協力しなければ生きてはいけない。

そこで、もしまわりから仲間外れにされたら……。

「そうよね、世間の目よね。わたしも、そうじゃないかって思ってたのよ」

春奈が、腕を組んでうなずく。

「猪神村の人が、猪を避けて事故を起こした。――ここまでは、納得したわ。でも、まだ不思議なことが残ってるわ。どうして、この場所にばかり、猪が飛び出してくるの？　ここに、猪の横断歩道でもあるの？　それとも、やっぱり、地縛霊の仕業なの？」

「この場所に、地縛霊はいないよ」

長曽我部先輩が、口を挟んだ。

この間と言ってる内容が、似てるけど、微妙に違う。（この間は、「この世に地縛霊など存在しない！」って断言していた）

ボタンを三つ外したシャツから、紋様が描かれた胸が見える。

「霊能力者が、この場所を見たら、おれと同じことを言うだろうね。ここに、地縛霊はいないよ」

繰り返す先輩の言葉に、春奈が、うんうんとうなずいてる。

ぼくは、話を変える。

「さっき、春奈は、猪の横断歩道って言ったけど、ここには本当に横断歩道があるんだよ」

すると、春奈の目に涙が浮かんだ。

「可哀相な快人……。暑かったから、とうとう脳が溶けだしたのね……」

春奈が、ぼくの頭をなでようとするので、その手を振り払う。

「春奈だって、獣道は知ってるだろ。この新しい道路は、獣道を分断してるんだ」

人間がつくった道路が、動物の生活圏を分断する。

その結果、動物が道路を横切り、交通事故に遭う。

「哀しいよね。人間が、自分たちの生活の便利さしか考えないで、他の動物を傷つけるなんて」

人間は、豊かで便利な生活を追い求めるものだ。それはわかってる。ぼくだって、そんな一人だ。

でも、そのために動物がどうなってもいいんだろうか？

もっと、人間は謙虚に生きないといけないのではないだろうか。

ぼくのしんみりした声に、先輩が大きく伸びをする。

「まったく、井上君は、いい人だね」

携帯灰皿でタバコをもみ消す先輩。

「つまり、この場所で交通事故が多発するのは、道路が獣道を分断しているから。ここに、地縛霊はいない——これが、井上君の推理なんだね」

「ここにっていうか、地縛霊なんかいませんよ」

先輩が、掌《てのひら》を向けて、ぼくを制する。

「それはさておき、この世に『呪い』は存在すると思うかい？」

え？　呪い……？

ぼくは、先輩に訊かれて考えた。

「そんなもの、ないでしょ」

すると、先輩は指をチッチッチと振った。

「甘いね、井上君は。この世に、呪いは存在するよ。それを証明してあげよう」

先輩の胡桃《くるみ》のように大きな目が、ぼくを見る。

「さっき井上君は、この道路が獣道を分断してるって言ったよね。そこで質問なんだけど、きみはエコロードって知ってるかな？」

エコロード？

ぼくが答えられないと、先輩は肩をすくめた。

「獣道を分断して事故が起きないように、道路下に動物専用のトンネルなどを通したりするんだ。それが、エコロード。車と動物の共存を目指した、人工的な獣道だね。地球にやさしい思想だよ」

長曽我部先輩は、『地球にやさしい』って言ったときに、吐きそうな顔をした。

しかし、エコロードか……知らなかった。

でも、先輩は、なんで知ってるんだろう？

「昔、土木科の講義で聞いたんだ」

ぼくの不思議そうな顔を見て、先輩が言った。

「だけど、そんなエコロードなんてのがあるのなら、もう安心ですね。ここにエコロードをつくってしまえばいいんですよ。そうすれば、もう事故は起こらない」

ぼくのホッとした声に、先輩は、大きく溜息《ためいき》をついた。

「本当に、井上君の考えは甘いね。まるで、お汁粉に砂糖を振りかけたようだ」

うーん、確かに甘そうだ。

先輩が、続ける。

「断言してもいい。この道路に、エコロードがつけられるときは、こないよ」

どうして、そんなことが言えるんだろう？

ぼくは、先輩の言うことに納得できない。なんなら、この間会った大山議員に直接お願いしてもいい。

するとと、先輩は哀しそうに首を横に振った。

「エコロードが言われ始めたのは、今から二十年以上も昔の話だよ。山の中に道路を通すにあたって、大山議員だって知ってたはずさ。なのに、エコロードをつくらなかった。なぜか？」

「それは……工費がかかるからですか？」

頭を抱える長曽我部先輩。

「確かに、エコロードが普及しにくいのは、工費がかかるからなんだけどね。きみの話を聞いてると、レモンを食べてるときに、マジックフルーツを口に押し込まれたような気分になるよ」

よくわからないけど、どうやら「甘い」って言われてるみたいだ。

「大山議員が、どうしてこの道路をつくったかわかるかい？」

「それは、村の人たちに便利なようにでしょ」

先輩が、顔をしかめる。

表情で、『甘い』ってことを表現したいみたいだ。

「先輩として忠告するけど、『毎日毎日、おいしい料理を山のようにつくってあげる』なんて女の子が近寄ってきたら、気をつけた方がいいよ」

どうして……？

「わたし、絶対そんなことしないよ。だって、おいしいものばっかり、いっぱい食べてたら体に悪いよ。特に、快人なんかやさしい——っていうか、優柔不断だから、せっかくつくってくれた料理、みんな食べようとするでしょ。だから、ちゃんと量を考えてつくらないと」

春奈が言う。

なるほど、そういうことか……。

ぼくは、猪神村へ向かってまっすぐに延びる道路を見た。

一瞬、背筋がぞくりとした。

「まっすぐな道路っていうのは、注意力が散漫になる。おまけに、この道は猪神村から緩やかな坂道になっている。走り易いってことは、同時にスピードが出し易い危険な道でもあるんだよ」

先輩の声が、なんだか遠く聞こえる。

「大山議員が、この道をつくったのは、猪神村への復讐《ふくしゅう》のためさ。つまり、この道路こそが『呪い』なんだよ」

先輩が、二本目のタバコをくわえた。

「大山議員は、子どものころに村を出たってお坊さんが言ってた。そのとき、新しい車に荷物を積んでったってのを覚えてるかい？　車を新しくすることと、村を出ることに、何か関係はなかったのか？」

関係……？

車を替えると、村を出なくちゃいけないって決まりはないよな……。

ああ、考えてもわからない。

「猪を撥ねたんだよ」

先輩が、ボソッと言った。

「今から話すのは、おれの想像だ。妄想っていってもいいかもな。だけど、これが事実なんじゃないかと思うんだ」

そして、先輩は謎解きを始めた。

「この間、昔の道を走ってみただろ。曲がりくねってて、スピードも出せない狭い道だった。そこで、大山議員の家の車は、猪を撥ねてしまったんだ」

「でも、それ、さっきの話と矛盾しませんか？」

ぼくは、反論する。

「狭くて曲がりくねった道だからこそ、スピードを出さず慎重に運転する。よって、事故は起こりにくい。——そうなんじゃないですか？」

「スピードを出さざるを得ない状況だったら、どうする？」

先輩が、ぼくを見る。

でも、スピードを出さざるを得ない状況って……。

「例えば、急病の子どもを乗せてるとき」

ああ、そうか。

「そして、車は猪を撥ねた。村の人たちは、猪を撥ねた大山家を、村八分にする」

「そんなの、変じゃない！」

春奈が、ギャオギャオ文句を言う。

「別に、猪を殺そうと思って撥ねたんじゃないでしょ。子どもが病気でスピードを出して、仕方なく撥ねたんじゃない！　なのに村八分なんて、おかしいよ！」

「そうだね、おれもそう思うよ」

先輩が、春奈をなだめる。

「でもね、おれたちが変だって思っても、関係ないのさ。問題は、猪神村の人たちが、どう思うかなんだ」

それが、世間の目……。

「民俗学者を目指してる井上君に説明してもらおうかな」

先輩が、ぼくを見る。

「村八分って、どんなもんなんだい？」

ぼくは、口を開く。

「村の十ある付き合いのうち、八つの付き合いをしないことから、村八分と言われてます。十の付き合いってのは――」

目を閉じ、記憶を呼び起こす。

「冠、婚、葬、建築、火事、病気、水害、旅行、出産、年忌です。このうち、葬式と火事以外の八つの付き合いをしません」

「その通り。簡単に言うと、仲間外れのことだ」

ぼくが必死で思い出した知識は、先輩の一言でまとめられた。

「確かに、村八分のような制裁は基本的人権を侵す行為だ。しかし、きちんとした理由もあった。貧しい村が生き残っていくためには、村の規律を守らなくてはいけないからね。村が存続していくために、制裁せざるを得なかった事情もあっただろう。しかし――」

先輩の目が、鋭くなった。

「猪を撥ねたから村八分にされるというのは、きちんとした理由と言えるだろうかね」

独り言のように続ける先輩。

「子どものときの大山議員は、どう考えたか？　猪を撥ねた自分たちが悪いと思ったか？それとも、猪を人間より大切にする猪神村の人たちに復讐心を抱いたか？」

「……」

「議員になって、この道をつくったことが、答えだろうね」

新しい道。

猪神村と里を結ぶ、便利な道路。

でも、その道路は、獣道を分断する道。

猪が、飛び出してくる道。

猪を撥ねれば村八分、撥ねなければ木に激突する……。

大山議員が、復讐のためにつくった道。

でも、こんなのダメだ。

復讐なんて、何も生み出さないよ。

いくら大山議員が猪神村の人を恨んでるとしても、やっぱり復讐はよくない。

「先輩、復讐をとめましょう！」

ぼくの熱い声に対して、先輩は冷静だ。

「どうやって？」

「だから、大山議員に直接言うんですよ。ぼくらは、あなたのやってることを知っている。道路にエコロードをつくって、復讐をやめてくださいって」

「無駄だよ」

先輩が、タバコを消した。

「おれたちが、何を知ってるっていうんだ？　今、話した復讐の話は、なんら裏付けがない。はっきり言って、妄想だよ。大山議員に笑い飛ばされるのがオチさ」

「じゃあ、エコロードだけでもつくってもらいましょう」

「それも、無駄だね。工費がかかるから無理だって言われて、終わり」

「……」

ぼくは、あきらめない。

何か、手段があるはずだ。

そして、とびきりのアイデアを思いついた。

「猪神村の人に、話しましょう。この道路を使うのは危険です、旧道を使いましょうって——」

でも、先輩は首を横に振った。

「猪神村の人だって、この場所で事故が多発してるのはわかってる。危険な道だってね。でも、この道路を捨てる気持ちはないだろうね」

「どうしてですか？」

「便利だからだよ。旧道に比べて、時間もかからないし走りやすい。ここを走るとき、誰もが、『事故が多いのは知ってる。でも、自分だけは、事故に遭わないだろう』——そう考えてるのさ」

「……」

すでに日が暮れて、空には三日月が顔を出している。

街灯のない道路が、月の光を浴びて銀色に輝いている。

まわりの濃い闇の中、銀色に光る道は、鋭い槍《やり》のようだ。

せせらぎの音が、はっきり聞こえだしてきた。

「さて、帰ろうか。あんまりゆっくりしてると、今川寮に着くのが真夜中になっちまう」

先輩に言われ、ぼくらは車に乗った。

エンジンをかける先輩。

でも、すぐには走り出さない。荷台に乗ったぼくを見て、言う。

「恐ろしい地縛霊など、この世には存在しない。本当に怖いのは——」

先輩の大きな瞳《ひとみ》が、ぼくを見る。

「なんなんだろうね」

……ぼくは、何も答えられなかった。

第三話　河童

「河童《かっぱ》が出るの」

「……ふーん。で、どこに？」

「大学《がっこ》のプール」

「……」

ぼくは、しばらく春奈の顔を見つめた。

頬杖《ほおづえ》をついて、ぼくを覗《のぞ》き込んでる春奈。

ぼくは、大きく息を吸い込んで、春奈に訊《き》いた。

「大学《がっこ》のプールに、何が出るって？」

「だから、河童って言ったでしょ」

「……」

ぼくは、春奈から視線を外し、硯箱《すずりばこ》に置いてあった小筆を持つ。

写経を始めるときは、合掌して『四弘誓願《しぐぜいがん》』と『般若心経《はんにゃしんぎょう》』を唱えるのだが、中断したのを再開するときも、唱えなくてはいけないのだろうか？

迷ってしまったぼくに、隙ができた。

「あー、快人ったら、無視してるぅ！」

春奈が、さっきまで書いていた写経と手本を取り上げた。

「ちゃんと、わたしの話を聞いてよね！」

立ち上がった春奈が、腰に手を当て、ぼくをにらみつける。

座ったままのぼくの目の前に、ミニスカートから伸びた春奈の足がまぶしい。季節は秋。アースカラーのミニスカートより、そこから伸びる春奈の足に目がいってしまう。

右手を上下させ、ぼくは春奈を座らせた。

ぼくと同じように正座しろとまでは言わないけど、せめてミニスカートを穿《は》いてるって自覚を持って座ってほしい。

大きく一つ溜息《ためいき》をついて、ぼくは春奈を見る。

こうなったら、つきあうしか仕方ない。

「さて、さっき春奈が言ってた『河童』ってのは、柳田先生の遠野《とおの》物語に書かれてる河童のことかな?」

「遠野物語は読んでないから知らないけど、『カッパのカータン』の河童よ」

カッパのカータン……? なんだ、それ?

「やだ、快人ったら民俗学を研究したいなんて偉そうなこと言ってるくせに、カッパのカータンを知らないの!」

春奈の言葉に、ドキドキしてしまう。カッパのカータンって、そんなに重要なことなのか……。

ぼくは、カッパのカータンを調べるために立ち上がって、我に返った。今は、カータンを調べてるときじゃない。

咳払《せきばら》いを一つして、座る。

そして、春奈に訊く。

「で、河童が出る『大学《がっこ》のプール』ってのは、うちの大学のプールのことかな？」

「そうよ」

ぼくは、腕組みをして考えてから、訊く。

「河童が想像上の動物だってことは、春奈も知ってるよな」

うなずく春奈。

当たり前のことだけど、ぼくはすごく安心した。

「じゃあ、想像上の動物が、大学のプールに現れることがないってことも、わかるよな」

ぼくは、小さな子に語りかけるように、やさしく言った。

「わかるわよ。でも、想像上の動物だって、いたっていいじゃない」

「よくない！」

ぼくは、コタツをバンと叩《たた》いた。

「想像上の動物は、いちゃいけないの！　もしいたら、それは想像上の動物って言えないんだ！」

肩で息をしながら、ぼくは言った。

そんなぼくを、春奈はきょとんとした顔で見ている。

「あ〜あ、つまんない……」

春奈が、大きな溜息をつく。

「まったく、快人は考え方が固いのよね。もっと、ロマンを感じる少年の瞳《ひとみ》を持ってたらいいのに」

両手を挙げると、春奈はそのまま後ろに寝転がった。

いくらロマンを感じる少年の瞳を持ってたとしても、想像上の動物は実在したらいけないんだ！

……いかん。気持ちが毛羽立ってきた。

ぼくは、心を落ち着けるために筆を持つ。

春奈が、ジリジリとにじり寄ってきて、訊く。

「それはそうと、どうして写経なんかやってるの？」

「暑い夏が終わり、季節は過ごしやすい秋になった。過ごしやすいということは、同時に、心に堕落が侵入しやすくなるということだ。だから、こうして写経をして精神の鍛錬をしてるんじゃないか」

ぼくの言葉に、春奈は感動すると思ったら、逆だった。

軽蔑《けいべつ》したような声で言う。

「いっつも精神の鍛錬をしないといけないなんて、よっぽど心が弱いのね」

ぼくの手の中で、筆がボキッと折れた。

……ダメだ。春奈がいたら、どれだけ写経をしても、心が落ち着かない。

「河童の話をするって用は終わったんだろ。だったら、『エクラタン』に帰ったらいいじゃないか。ぼくは、落ち着いて写経をしたいんだよ」

「そりゃ、快人には河童のことを話したわよ。でも――」

春奈が、壁に目をやる。

ぼくも、春奈の視線の先を見た。

『あやかし研究会会則』と、墨で書かれた一枚の紙が画鋲《がびょう》で留めてある。

その中の一つ――『あやかし研究会会員は身近で起こった超常現象を報告する義務がある』

「河童の話、けっこう広まってるのよ。そのうち、長さんの耳にも入るだろうけど、その前に報告しないと、あとで何か言われるんじゃないかなって思って――」

確かに春奈の言う通りだ。

そのとき、ドアの方から、金属のチャラリと擦れる音がした。

そして、

「えらいね、きみたちは。ちゃんと会則を守ろうとしている」

という低い声がした。

廊下の方を見ると、胡桃《くるみ》みたいな丸い目が、ぼくの部屋の中を見ている。

そして、開けっ放しの部屋の中に、するりと入ってくる痩《や》せた小柄な男――長曽我部慎太郎先輩だ。

動くたびに、身にまとったアクセサリーが、チャラリチャラリと音を立てる。

黒いシャツの胸元から見えるネックレスが三つ。左右の手首に、ブレスレットが五つずつ。右手の中指にリングが一つ。

普通のアクセサリーだったら、お洒落《しゃれ》な人だなぁと思うだろう。でも、長曽我部先輩が身につけてるのは、すべてオカルトグッズだ。

先輩は、ぼくと春奈の間に座ると、

「会則は守らないといけないよ」

ニヒャリと笑った。チェシャ猫のような笑いだ。

「話は、すべて廊下で聞かせてもらった」

つまり、先輩はずっと廊下で立ち聞きしていたということだ。

「まぁ、今回の河童の話は、ぼくの方から報告してあげてもいいよ。やさしい先輩としては、それぐらい、なんでもないことだからね」

すごく恩着せがましく言って、先輩は黒いスリムジーンズから細長いタバコを出した。一本くわえて、マッチで火をつける。

どんな怪しげな薬草が入ってるのか、ひどい臭いが、ぼくの四畳半に漂う。

「井上君、灰皿を出してくれないか？」

先輩が言った。

ぼくは、先輩用に用意してある灰皿を出した。

さて——。

大学に入って半年が過ぎ、長曽我部先輩とあやかし研究会についてわかってきたことをまとめておこう。

先輩は、大学八年生。

年齢ははっきり教えてもらってないけど、まわりの話から二十八歳くらいと推測できる。入学したときは農学部で、留年や休学を繰り返し、現在は農学部を退学して工学部の学生をやっている。

今川寮の先輩たちは、長曽我部先輩を畏《おそ》れている。

その理由について、長曽我部先輩は、

「わからないな。なんで、こんなかわいい先輩を畏れるんだろうね」

って、言ってる。

ぼくは、長曽我部先輩を畏れてない。変わった人だとは思ってるけど、それは他の先輩たちも同じだ。

そのためか、長曽我部先輩は、妙にぼくになついている。

あやかし研究会については、今のところ、実害はない。いろいろ長曽我部先輩からは迷惑をかけられてるけど、実害というほどのことでもない。

入会費や年会費も取られてない。具体的に、何か会で活動したこともない。第一、ぼくたちは長曽我部先輩以外に、あやかし研究会の人間に会ったことがない。

様々な疑問があるけど、人畜無害な会だから、ぼくと春奈は放っておいた。

それが、今、プールに河童が現れたという話から、長曽我部先輩が部屋にやってきた。

まるで、忘れていた時限爆弾が、怠けることなく働き続けているのに気づいてしまったような気分だ。


「さてと――」

先輩が、タバコを消して立ち上がる。

ぼくは、先輩に訊《き》いた。

「どうしたんですか？」

「会に報告するとしても、もう少し情報がないといけないからね。少し、情報収集してくるよ」

そして、軽やかな足取りで部屋を出ていった。

不思議だ……。どうしても、先輩を見てると、操り人形をイメージしてしまう。

ぼくは、先輩の背中を見ながら、糸がついてないのを確認した。

「長さん、どこへ調べにいったのかしらね？」

「さぁ……」

春奈の疑問に、いい加減な返事をして、ぼくは小筆を持つ。

先輩や春奈が、何をしようが関係ない。

今、ぼくに必要なのは、写経をして心を落ち着けることだ。

でも、先輩はすぐに戻ってきた。

そして、写経をしているぼくと寝転んでる春奈に言った。

「じゃあ、出かけようか」

「どこへです？」

「河童の調査に決まってるじゃないか」

「あのですね……」

ぼくは、さっき春奈にした話を、先輩にもする。

河童は、想像上の動物だってこと。想像上の動物は、実在しないってこと。

ぼくの話を聞いてから、先輩は、またタバコを出して火をつけた。

そして、煙と一緒に、言葉を吐き出す。

「甘いな……そんな甘い考えだから、井上君は戦闘員《したっぱ》なんだよ」

先輩が、タバコを持った指を、ぼくに突きつける。

「きみは、本当に河童が想像上の動物だって思ってるのかい？」

驚くようなことを言いだした。

「河童の目撃例は、とても多いんだよ。きみもあやかし研究会の会員なら、昭和五十九年八月一日に長崎県対馬《つしま》での目撃例は聞いたことがあるだろ？」

ぼくは、首をブンブンと横に振る。

そんなの知るわけがない。

「春奈君は、知ってるよね？」

そう訊かれ、春奈は曖昧《あいまい》に微笑んだ。

先輩が、困ったもんだという顔をして、話してくれた。

「その日の深夜、夜釣りから帰ってきた城﨑作《しろさきつくる》さんは、自宅前の街灯下で、身長一メートル前後のザンバラ髪で口の尖《とが》った異様な人影が走り去ったのを見た。このとき、城﨑さんは、河童だと思わなかったんだけど、次の日の朝、現場を調べてみると、近くの川から出入りしたことを示す濡《ぬ》れた足跡が、いっぱい残っていた。しかも、その足跡は、太陽が昇っても消えず、さわると何かヌメヌメしたものがこびりついたものであることがわかったんだよ」

「……城﨑さん、寝ぼけてたんじゃないんですか?」

ぼくの質問は、先輩に無視される。

「昭和六十二年の九月十五日にも、目撃されている。茨城県水戸市の千波湖《せんばこ》岸の川で、数人の小学生が、水面から顔を出した河童らしい動物に石を投げつけたんだ」

「……大きなカエルと見間違えたんじゃないですか?」

ぼくの質問は、また先輩に無視された。

「以上の目撃例から考えて、河童が、単なる想像上の動物じゃないって考えるのは、無理ないことだと思うけどね」

すごく無理あることだと、ぼくには思える。

「それに、人間の想像力には限界がある。想像上の動物だと思われていたものが、実は、実在の動物だったってことを話してあげようか?」

結構ですって言っても、先輩は勝手に話すだろうな。

「背中に翼を持った空飛び猫を知ってるかな。アーシュラ・K・ル゠グウィンの童話に出てくるんだけどね」

ぼくは、頭の中でイメージする。羽の生えた猫——なかなかかわいいじゃないか。

「一九〇五年にイギリスで目撃された猫は、体長約三メートルで、時速三十キロほどで空を飛んだというそうだ。一九六六年にカナダのオンタリオ州に現れた猫は、滑空して家畜を狙い被害を出している。もっとも、小型で大人しい空飛び猫もいたんだよ。一九三九年頃、イギリスのサウス・ヨークシャー州シェフィールドのローバック夫人は、空飛び猫をペットにしていたそうだからね」

「写真や剝製《はくせい》はないんですか？」

「……」

先輩は、答えない。ぼくは、もう一度、言った。

「写真や剝製はないんですか？」

「きみは、ローバック夫人の言うことを疑うのかい？」

先輩が、逆に胸を張って主張した。

なんで、会ったこともないローバック夫人の言うことを信じなきゃいけないんだ！

話が終わって、先輩が、左手首の腕時計を見る。チャラチャラと巻かれたブレスレットに邪魔されて、文字盤が見にくそうだ。

「さっき、河童の目撃者に、会う約束をしてきた。三時に、大学のサンドイッチカフェテリアで待っててくれるそうだ」

……素早い。

いったい、いつの間に目撃者を割り出して、会う約束まで取り付けたんだろう?

「おれも、大学生活長いからね」

得意げな先輩。

大学八年生ってのは、そう自慢できることじゃないと思うけどな……。

「先輩、今日は日曜日で、ぼくは写経をして一日を過ごそうと思ってるんですが――」

ぼくの言葉を聞いて、先輩が指をチッチッチと振る。

そして、壁に貼ってある会則を指さす。

その中の一つに、『超常現象の報告を怠ってはいけない。報告の際には、できるだけ調査・検討を行い、詳細なレポートで報告すること』って書いてある。

「長さん、前から訊こうと思ってたんだけど、あやかし研究会の会則を破るとどうなるの?」

無邪気な質問をする春奈。

先輩も無邪気な顔になって、

「アメリカ人に『TATARI』って言うと、ちゃんと通じるそうだよ」

と、まったく無邪気じゃない台詞《せりふ》を言った。

そして、ぼくの手を取る。

「さぁ、早く出かけよう。せっかく会ってくれるって言ってるのに、待たせたら失礼だ」

「ぼくは、まだ写経の途中なんですが――」

あくまでも行きたくないという意思表示をしたら、また先輩が壁の会則を指さした。

そこには、『先輩の意見・提案に対して、戦闘員《したっぱ》は「はい《イー》」としか答えてはならない』

と書かれている。

「……」

「わかったかな、井上君《したっぱ》？」

ぼくは、小さな声で「はい《イー》」と答えた。

目をキュッと細める先輩。

チェシャ猫みたいに、消えてほしいって思った。


M大学は、東側を海、西側を南北に走る国道に挟まれている。

八つの学部があり、それぞれの専門校舎が勝手気ままに配置されている。本当は、何か深い意図の下に配置されてるのかもしれないが、ぼくには理解できない。

キャンパスの海に近いところには、南から水産学部、工学部、野球場などの課外活動施設が並んでいる。河童が出たっていうプールも、野球場の北側にある。

サンドイッチカフェテリアは、キャンパスの北側――体育館の裏手に位置している。

ぼくたちは、陸上競技の広いトラックを右に見ながら、サンドイッチカフェテリアに進む。

この道が、M大学のメインストリートということになってる。

左側には、人文学部の校舎。

校舎前では、日曜日だというのに、たくさんの学生が大学祭の準備をしていた。大学祭まで一週間。ぼくら一年生は、まだあんまり仕事がないけど、二年生や三年生は忙しそうだ。

「ここは昔は空き地だったんだ。よく同級生と野球して遊んだな」

遠い目をした先輩が、人文学部の建物を見て言う。

「あっと言う間に、みんな卒業しちまうし、こんな校舎はできるし……。まったく、時間のたつのは早いもんだ」

まるで、浦島太郎のような先輩の言葉。

こうして、先輩の昔話を聞いて歩いてたので、サンドイッチカフェテリアについたときは、三時を少し過ぎていた。

M大学のサンドイッチカフェテリアは、街のハンバーガーショップより少し小さいが、メニューの豊富さでは負けてない。

テーブル席が六つ。それぞれのテーブルには、白いプラスチック製の椅子が四つずつつけてある。

店の一番奥の席に、Tシャツにジャージ姿の女性が座っていた。よく日に焼けている。彼女の前に置かれたアイスコーヒーと、同じような色だ。

日焼けとファッションから、ぼくは体育会系のクラブに入ってる女性だと判断した。

「やぁ、お待たせしました」

右手をシュタッと挙げ、爽《さわ》やかな笑顔の先輩。そして、彼女の前の席に座る。

えーっと……。やっぱり、この状況では、ぼくと春奈が、先輩の飲み物を買わないといけないんだろうな。

アイスコーヒー二つを買って、ぼくは先輩の隣に座った。春奈は、クリームソーダを持って、彼女の隣に座る。

「大伴《おおとも》さん、紹介するよ。あやかし研究会の一年生、川村春奈君と井上快人君だ」

ぼくと春奈は、ペコリと頭を下げた。それにしても、あやかし研究会の一年生って紹介のされ方は、かなり恥ずかしい。

「大伴涼子《りようこ》です。教育学部の三年生です」

にっこり微笑む大伴さん。白い歯が、健康的にキラリと光る。

「大伴さん、河童を見たときのことを、詳しく話してくれないかな」

長曽我部先輩の口調は、とてもフレンドリーだ。まるで、恋人のような口調で、話しかけている。

大伴さんも、先輩のことが気に入ってるのか、少し頬を赤らめて話し始めた。

「一昨日《おととい》の夜のことです――」

わたし、硬式テニス部に入ってるんです。

一昨日の夜は、医学部のテニスサークルとコンパがあって、帰るのが遅くなってしまいました。

十一時頃でした。

下宿へ帰るのに、一人で道を歩くのが怖かったので、大学内を通り抜けようと思ったんです。

それで、プールの横を通ったら――。

「ちょっと待ってください」

ぼくは、大伴さんの話をさえぎった。

「プールの横の道は、東西に走ってますよね。大伴さんは、東から西に向かって歩いてたんですか？」

プールの東側には堤防があり、すぐに海だ。下宿などない。

となると、下宿に帰る大伴さんは東――海の方から歩いていたことになる。

どうして、海の方から……？

「細かいことを気にする男だね、きみは」

先輩が、口を挟んだぼくに、非難の目を向ける。

「そんな細かいことを気にしてると、大物になれないよ」

「会則に、『報告の際には、できるだけ調査・検討を行い、詳細なレポートで報告すること』って書いてありましたよね」

言い合いを始めた先輩とぼくを、楽しそうに見て、

「わたし、海の方から国道へ向かって歩いてました。わたしの下宿は、国道を渡ったところにあります」

大伴さんが教えてくれた。

「どうして、海の方から歩いてきたんです？」

続けて訊《き》くぼくに、先輩が、また非難の目を向ける。

「それが、そんなに重要なことなのかい？」

「重要かどうかはわかりません。でも、気になったことは、ちゃんと訊いておかないと……」

「神経の細かい男だね。悪い霊にでも、とり憑《つ》かれてるんじゃないのかい？」

再び始まった言い合いは、また大伴さんに止められた。

「コンパのときに知り合った男の人と、海にいたんです。でも、その人が……」

口ごもる大伴さんに、先輩が身を乗り出して訊く。

「何かしようとしたんですね。それで、あなたは逃げ出した。いったい、何をしようとしたんです？」

「長さん、それってセクハラ！」

春奈が、先輩を止める。ぼくも、掩護《えんご》射撃。

「先輩の訊いてることは、とうてい重要なこととは思えませんね」

「重要かどうかは、聞いてみないとわからないじゃないか！」

まったく、この先輩、悪霊にとり憑かれてるんじゃないだろうか。

ぼくは、先輩を無視して、大伴さんに言った。

「どうぞ、話を進めてください」

コックリうなずく大伴さん。

さっきも言ったように、わたしは海の方から歩いていました。あの夜は、海への風が強くて、すごく歩きにくかったのを覚えています。

そして、プールの横を通ったときのことです。

バシャッという音が、プールの方から聞こえました。

今考えるとすごく怖くなるんですが、そのときは、なんの音なんだろうっていう好奇心の方が強かったんです。

わたしは、プールの方を見ました。

近くには水銀灯が一つあるだけで、水面は暗かったのですが、わたしは目を凝らして音の正体を見ようとしました。

すると、急に水面が盛り上がって、奇妙な物が現れたんです。

わたしは、咄嗟《とっさ》に河童だと思いました。

「ちょっと待ってください」

ぼくは、大伴さんの話をさえぎった。

「どうして、河童だと思ったんです？　何か、河童を思わせるようなことがあったんですか？」

すると、また先輩が口を挟んでくる。

「それは重要なことなのかい？」

「とても重要です。少なくとも、先輩のセクハラ質問よりは、はるかに重要です」

ぼくと先輩が言い合いしてる間、大伴さんは顎《あご》に手を当てて考えていた。

そして、

「音です」

と言った。

「音？」

ぼくと先輩は、言い合いを止めて、大伴さんに訊いた。

「そうです。首のような物が現れたとき、音——鳴き声がしました。『グギャーァ』っていうか『ヴギャァ～』っていうか……そんな感じの鳴き声がしました」

「鳴き声ね……」

先輩が、真剣な顔になって呟《つぶや》いた。

春奈が、小声で先輩に訊く。

「河童の鳴き声って、どんなの？」

「……」

先輩は答えない。おそらく、知らないのだろう。（というか、誰か知ってる人はいるのだろうか？）

「それで、わたし怖くなって……。後ろも見ずに逃げ出したんです」

ぼくは、大伴さんが走る様子を想像した。体育会系の大伴さんは、きっと、ぼくより速いんだろうな……。

「怖いことを思い出させて悪かったね。それで、きみは、河童を見たことを誰に話したんだい？」

さっきまでのセクハラ親父の雰囲気を巧みに隠して、先輩が訊いた。

「同じ下宿の友だちに話しました。社会教育学の女の子です」

「……なるほどね」

腕組みをする先輩。

口元に、笑みが浮かんでいる。

大伴さんと別れてから、ぼくたちはプールに向かった。

M大学のプールは、小学校にあったものとは違って、かなり大きい。

一コース五十メートルで、全部で八コース。

普段は主に水泳部が使ってる。ぼくや春奈がプールに入れるのは、体育の講義のときくらいだ。

今日は日曜日。水泳のシーズンも終わり、プールの中は静かだ。

そのわりに、プール周辺に人が多い。どうやら、ぼくたちと同じで河童の話を聞いてやってきた野次馬連中のようだ。

ぼくたち三人は、フェンス越しにプールを見た。

秋になって、誰も泳いでいないプール。青い水面が、太陽の光を浴びて、キラキラ輝いている。

「もう泳ぐには、寒いわね」

春奈が呟く。

「中に入れないかな……」

先輩が、あたりを見回す。

プールへの入り口には、厳重に鍵《かぎ》がかかっている。

フェンスの上部には、鉄条網がオーバーハング状に三列、張り巡らされている。

「なんとか乗り越えられそうだけど、鉄条網で血だらけになるだろうな……」

先輩が、鉄条網を見上げて言った。

「ダメですよ、許可なく入っちゃ」

ぼくの真っ当な意見は、春奈と先輩に無視される。

「どこか、フェンスに穴でも空いてないかな……」

先輩と春奈は、フェンスの周囲を調べ始める。

その様子は、河童の調査というより、侵入することを主目的にしているように思われた。

「快人、長さん。こんなところに何かあるよ」

春奈が、青いビニールシートが被《かぶ》せられた立て看板のようなものを見つける。

先輩がビニールシートを除《の》けると、下から、

水泳部主催
ミスM大学コンテストを中止しろ!

と赤いペンキで書かれた看板が現れた。

「何ですか、これ?」

ぼくと春奈が訊くと、

「来週、大学祭だろ。そのとき、水泳部がミスM大学のコンテストをやってるんだ」

看板を見ながら、先輩が教えてくれる。

「おれが入学する前からやってるイベントだよ。しかし、まだ続いてたんだな……」

「どうして、水泳部が主催してるんですか?」

「水着審査があるからな」

なるほど……って、納得してもいいんだろうか?

先輩が、ところどころ鉤裂《かぎざ》きができてるビニールシートを、また看板にかける。

「日中に調べても、収穫はなさそうだ。もう一度、夜に出直してこよう」

「夜って、何時ですか?」

ぼくが訊くと、

「やっぱり、大伴さんが目撃したっていう十一時がいいだろうな」

「じゃあ、ダメです。参加できません」

きっぱりと、ぼくは言った。

理由を知ってる春奈は肩をすくめて呆《あき》れてるけど、先輩は不思議そうな顔をする。

「どうして？」

「ぼくは、毎晩九時に寝ています。十一時なんて、遅すぎます」

「……真剣に言ってるのかい？」

ぼくは、異星人を見ているような顔の先輩に向かって、大きくうなずいた。

「長さんも、夏のバイトでわかってるでしょ。快人は、九時になると寝ちゃうんだから」

春奈も、横から説明してくれる。

「前から訊こうと思ってたんだけど、どうして九時に寝るようにしてるんだい？」

「小学校の先生が、早寝早起きは体にいいって言ったからなの」

説明する春奈も、聞いてる先輩も、呆れてる。

別にいいじゃないか、ぼくが何時に寝たって。

「井上君——」

先輩が、ぼくの肩をポンと叩《たた》く。

「きみね、もう大学生なんだから、小学校の先生の言うことを守らなくてもいいだろ」

「ほっといてください」

「コンパなんか、どうしてたんだい？　飲み会なら、一人だけ九時に寝るってわけにもいかないだろ」

「寝てました」

横から、先生に告げ口する学級委員のような口調で、春奈が言った。

先輩が、大きく溜息《ためいき》をつく。そして、言った。

「そんな生活をしてたら、大学生活の楽しさの大半を捨ててることになる。これは、先輩として見過ごすわけにはいかない！」

別に、見過ごしてもらってもかまわないが……。

「命令だ。今夜十一時に、プール周辺の調査をする」

ぼくが、イヤですと拒否すると、先輩はニヤリと笑って言った。

「あやかし研究会の会則を覚えてるかな？　『先輩の意見・提案に対しては――』」

「……『戦闘員《したっぱ》は「はい《イー》」としか答えてはならない』」

「その通り」

まいった……。

会則を持ち出されたら、うなずくしかない……。

その後、先輩はパチンコに行った。

春奈は、夕飯を食べてからマンションに帰ると言ってる。

ぼくも食事に誘われたけど、お金がないので、曖昧《あいまい》に微笑んで断った。

部屋の鍵を開けてると、隣の部屋の戸が開いた。

「よぅ、井上君」

真っ赤なトランクスに、だぼだぼのタンクトップの黒川さんが出てきた。

手には、膨らんだ紙袋を持ってる。

ぼくの隣の部屋の黒川さん。長身で、細い手と足が服から伸びてるけど、華奢《きゃしゃ》な感じはない。なんてったって、空手部副将の三年生だ。

「ああ、黒川さん。……なんか、久しぶりですね」

ぼくは言った。

そういや、この数日、隣の部屋に黒川さんの気配がなかったような気がする。

「先週から合宿中なんだ。大学祭で演武会と演劇会をやるだろ。それが終わるまでの辛抱さ」

辛《つら》い辛いって感じで、黒川さんが溜息をつく。

でも、本当はうれしくて仕方がないのを、ぼくは知ってる。なんてったって、黒川さんは、空手大好きの人だから。おまけに、合宿は大部屋での雑魚寝《ざこね》。女性より男性の方が好きな黒川さんにとっては、天国のような合宿だろう。

「合宿所の洗濯機が壊れてるんだ。だから、着替えを取りにね。あと、置きっぱなしにしてた、演劇会用の衣装」

黒川さんが紙袋を目の高さまで持ち上げた。

M大学には、各クラブやサークルのために、合宿所が建てられている。

しかし、使い方が悪いのか建物が古いためか、いろんなところで不便があるそうだ。

「たいへんですね」

「仕方ないさ。それに、合宿してたら、三食ちゃんと飯が食えるからな。飯の心配しなくていいぶん、楽だよ」

肩をすくめる黒川さん。

現在、今川寮にはぼくを含めて八人の学生が住んでいる。そのうち、何人が三食きちんと食べることができてるだろうか？

「頑張ってください」

「もう少しだけ合宿所が立派だったら、下宿を引き払って、ずっと泊まってるんだけどな」

確かに、合宿所だったら家賃はタダだ。

「洗濯機だけじゃないんだぜ。シャワーも、まともに使えるのは一つだけ。まぁ、シャワーは使わないから構わないけどな」

硬派の黒川さんらしい台詞《せりふ》だ。（もっとも、そのわりに汗くさくないけど）

「井上君は、デートの帰りかい？」

「いえ、違います」

ぼくは、長曽我部先輩と一緒に、河童のことを調べに行っていたことを話した。

「長曽我部先輩とね……」

黒川さんが、複雑な顔をする。

その表情で、今川寮における長曽我部先輩の評価がわかる。

「で、河童の手がかりは見つかったのかい？」

見つかるわけがないだろうって表情で、黒川さんが言う。

「なかなか、難しいですね」

見つかるわけありませんって表情で、ぼくが答える。

「関係ないかもしれないが、合宿中の夜中、ガラスの割れる音を聞いたな」

黒川さんの話では、火曜日の丑三《うしみ》つ時に、一般教養棟の窓ガラスの割れる音を聞いたそうだ。

「聞き間違いじゃないぞ。おれだけじゃなく、主将も聞いてるしな。そのあと見に行ったら、三階の窓が割れて、ガラスの破片が地面に落ちていた」

ふーん……。

この情報、あとで長曽我部先輩に教えておこう。

「要らん世話かもしれんが、つきあう人は選んだ方がいいと思うよ」

黒川さんの、やさしい忠告。

ぼくだって、選びたいんだけどね……。

「で、井上君は、今から何するの？」

「写経の続きです。やっぱり、心を落ち着けるには、写経が一番ですからね」

それを聞いた黒川さんの顔。さっきの複雑な表情と同じだ。

それでも、黒川さんは最後に温かい笑顔を、ぼくに向けてくれた。

「まぁ、趣味は人それぞれだから……」

そして、スススススッと今川寮を出ていった。

ぼくは、部屋に入って硯箱《すずりばこ》と手本をひっぱり出す。

写経をしているうちに、心が落ち着いてきた。でも、お腹がすいてるのは、ごまかせない。

こんなときは、早く寝るに限る。九時前だけど、寝ることにしよう。

そして、長曽我部先輩に起こされた……。

「鍵《かぎ》、かかってませんでしたか？」

無理矢理起こされたぼくは、不機嫌な顔で着替える。

「井上君は、寝るときにパジャマに着替えるんだ。几帳面《きちょうめん》だね」

「質問に答えてませんよ」

「これだよ、これ。これで、鍵を開けたんだ」

先輩が、首から下げているペンダントの一つを見せてくれる。

先端が薄く潰《つぶ》れた十字架のペンダントだ。

「ピッキングの道具ですか？」

「そんな犯罪に使う物じゃないよ。これは、幸せの扉を開けてくれるクロスなんだ。通信販売で四千百円の代物だよ」

「そんな物で、鍵が開くんですか？」

「開くよ。他にも鍵を付け替えてる奴がいるけど、今川寮の部屋は、このクロスですべて開けることができる」

「どの部屋もですか？」

「どの部屋もだ」

……恐ろしい人だ。

明日、金物屋さんへ行って、ピッキングができない最新式の鍵を買ってこよう。

鍵を替えるのは、これで二回目だ。

「まったく、オカルトグッズは人生を豊かにしてくれるね。ちなみに、今日のパチンコは、こっちの金運を呼ぶクロスで大勝利！」

先輩が、コウモリが羽を広げたような形の十字架を、指でつまむ。

「それも、通信販売ですか？」

「そうだよ」

先輩が、シャツの胸ポケットから広告の切り抜きを出す。『一週間で、百万人の方から感謝の手紙が！』とか、『まさに一攫《いっかく》千金！　驚異のパワー！』という派手な文字が躍ってる。

一週間で百万人って……一日当たり十四万人以上ってことだよね。

郵便配達のおじさん、そんなにたくさんの手紙、配達できるんだろうか……？

「先輩、日本広告審査機構《JARO》って知ってます？」

「飛行機会社のことかい？」

それはＪＡＬだろ！　ってツッコミを心の中で入れる。

ぼくは、ジャロって何ジャロ？　って顔してる先輩に、真実を告げるのは残酷なような気がしたので、黙ってることにした。

そのうち春奈もやってきて、ぼくたち三人は夜の大学に向かった。

「だいたい、大学のプールに河童が出るわけないんですから。調べたって無駄ですよ」

夜の大学。

当然のごとく、静かで人気《ひとけ》がない。でも、物騒な気配がないのが幸いだ。

春奈と先輩は、黙って歩いてる。

ところどころに立ってる水銀灯が、ぼくたち三人の長い影をつくる。

「きっと、大伴さんの見間違いですよ。それか、コンパで飲み過ぎて酔っぱらってたとか――」

先輩が、ぼくの肩をポンと叩《たた》く。

「眠いからグズって不平不満をこぼすなんて、きみは、まるで幼児だね」

……そんなふうに言われたら、黙るしかない。

春奈が、ぼくの耳に口を寄せてくる。

「それにしても、こんな深夜――といってもまだ十一時前だけど――快人が出歩いてるのって、すごく珍しいじゃない」

言われてみたら、その通りのような気がする。

「いくら、会則に先輩の意見・提案に逆らってはいけないって書いてあるにしても、よくつきあってるよね」

呆《あき》れてる春奈に、ぼくは胸を張る。

「会則に書いてあるから、守ってるんじゃないか！」

そして、日々のんべんだらりと過ごしてる春奈に、ビシッと一言。

「決まりは、守らなくてはならない！」

でも、その言葉は、春奈にも先輩にもなんの影響も及ぼさなかった。

ぼくは、哀しい……。


昼間は野次馬で賑《にぎ》わっていたプール周辺も、さすがに夜は誰もいない――と思ってたら、人影が四つ。

人影たちが、『ミスコン反対！』の看板から、青いビニールシートを外している。

誰だ……？

ぼくと春奈が立ちすくんでしまったのとは反対に、先輩は平気で人影に近づいていく。

「やぁ、こんばんは」

先輩の爽《さわ》やかな挨拶《あいさつ》に、人影がビクッとして、こちらを向く。

「……こんばんは」

そう言ったのは、黒川さんだった。黒川さんの後ろにいるのは、空手部の人。

「何をしてるんだい？」

長曽我部先輩が、スタスタ近づいていく。

全然、空手部の人たちを畏《おそ》れてない。

「えっと……」

黒川さんたちが、口ごもる。空手部のみんな、拳《こぶし》を固めてる。殺気が満ちてきてるようだけど、長曽我部先輩、大丈夫かな？

ぼくや春奈が心配してるのにもかまわず、長曽我部先輩は、黒川さんの前に立つと言った。

「ダメだよ、ミスコン反対の看板にイタズラしちゃ」

途端に、空手部の人たちから殺気が消える。

「まぁ、男の立場からしたら、ミスコンは見たいなって気持ちもわかるよ。でも、主義主張は認められないとね。こんな人気のない夜に、こっそり看板を壊そうなんて、硬派の空手部らしくないじゃないか」

先輩の言葉に、みんな拳を開いた。

「……いや、まったく、長曽我部先輩の言う通りです」

黒川さんが、笑顔になった。

「みんな、合宿でストレスが溜《た》まってて……。でも、もう寝ます」

黒川さんが、空手部のみんなに「帰るぞ」と言った。

そして、ぼくと春奈の横を通るとき、にっこり微笑んでいく。汗くさい臭いが、鼻につ
いた。

黒川さんたちがいなくなり、静けさが戻る。

ぼくは、黒川さんから聞いたガラスの割れる音の話を、長曽我部先輩にしてないことを
思い出した。

その話を聞いた先輩が、うなずく。

「──なるほど。これで、おれの説の正しさが、ますます強調されたというものだ」

おれの説……？　正しさ……？

何の話だろう。

「井上君は、河童は想像上の動物だと言ってたね」

ぼくは、うなずく。

「なのに、目撃例がある。おれの説は、この矛盾を解決する、画期的な説だよ」

聞きたいだろって目で、長曽我部先輩がぼくを見る。ぼくは、世間の付き合いを知って
るので、ぜひ聞かせてくださいって目で先輩を見る。

「想像上の動物が棲《す》んでる世界──おれは、ファンタジーランドって名付けたんだが、そ

こから、河童はワープしてきたんだ」

「……」

「井上君も、あやかし研究会の会員なら、『ターミネーター』の映画は、知ってるだろう」

別に、あやかし研究会の会員でなくったって、知ってる。未来から、殺人ロボットが送り込まれてくるって話だ。

「映画では、タイムスリップのとき、激しい放電現象が起こり大きな音がしていた。河童も、ファンタジーランドからワープしてくるときに、大きな音がするんだよ。そのときの『パリーン』という音が、黒川君たちには、ガラスが割れる音に聞こえたんだよ」

実際にガラスは割れてたんだけどな……。

「素晴らしい説だろ。おれは、この説を論文にまとめて、あやかし研究会に報告しようと思うんだ」

「先輩、本気で言ってるんですか？」

「おれは、いつだって本気だよ」

ぼくは、もう何も言わなかった。

だって、先輩の幸せそうな顔を見たら、何も言えないよ。

月曜日の朝――。

寝不足の頭を抱えて、ぼくはいつも通り六時に起きた。

洗濯、掃除、朝食——毎朝のメニューをこなして、大学へ行く。

M大学の講義は百分授業で、午前に二つ、午後から二つ。

最初の講義は、八時四十分からだ。

長曽我部先輩は、まだ部屋で寝てるみたいだ。そういえば、午前中に先輩が起きてるのを見たことがない。

学校へ行くと、その日の講義はすべて休講だった。大学祭が近いという理由もあるんだろうけど、これでは学問しようという学生の意欲がなくなってしまう。

仕方がないので、ゼミ室へ。そこで、クラスの仲間と大学祭の準備。

我がクラスは、大学祭で餅《もち》つきを行う。それと、空き教室を使って巨大双六《すごろく》。

これは、毎年恒例になってる企画だ。

どちらも子ども対象のものだけど、なかなか好評なのだそうだ。

お昼過ぎにやってきた春奈と、昼食に行く。ぼくは、生協の食堂で八十円の素うどんを食べたいと言った。

「『LIFE』でランチ食べようよぉ～」

春奈は、大学外のお洒落《しゃれ》な喫茶店に行きたがったが、ぼくにそんな贅沢《ぜいたく》は許されない。

要求が聞き入れられなかった春奈は、ぼくの目の前で、学食で一番値段の高い『カツカ

レー定食　サラダ・ドリンク付き』を食べた。

ぼくは、自分の中で殺意にも似た黒いものが育ち始めるのを、必死で抑える。

「ずいぶん、きみたちの食生活には差があるね……」

素うどんの丼《どんぶり》から顔をあげると、長曽我部先輩が立っていた。

「さて、きみたちが食べ終わったら、行こうか」

「どこへです？」

ぼくは、丼の中を空にして言った。たった一杯の素うどん——すぐに食べ終わってしまう。

「決まってるじゃないか。プールだよ」

そう答えた先輩は、ゆっくり食べてる春奈を急《せ》かす。

「長さん、お昼は食べたんですか？」

春奈に訊《き》かれて、満足そうに微笑む長曽我部先輩。

「食べたよ。『LIFE』のランチをね」

それを聞いた春奈が、ぼくを睨《にら》む。なんで、睨まれなきゃいけないんだよ……。

大学祭が迫ってるので、キャンパス内は、お祭りムードが高まってきている。

陸上競技場の隅では、応援団がアピールを行っている。

その近くでは、演武会の宣伝も兼ねて、空手部が練習している。

「黒川君たちも、頑張ってるね」
一、二年生が並んだ前で、黒川さんたち三年生が手本を示している。
空手胴着の色で、学年がわかる。色が白い方が一年生で、カビと血の色で薄汚れてるのが三年生だ。

「なかなか、おもしろい見分け方だね」

長曽我部先輩が、感心してくれる。

「でも、破れ目の多いのは、一年生の方が多いね」

言われてみれば、先輩の言う通りだ。

演武会のあとは、演劇会の練習。黒川さんたちが『ベルサイユのばら』の衣装をつけると、途端にギャラリーが集まった。

ぼくには、空手部が目指してるものが見えてこない。

運動部以外も、大学祭に向けて準備している。

コスプレをして行進してるのは、アニメ研か漫研か、どちらだろう。

社会教育学のクラスが中心となって、ストリートチルドレンのための募金活動も行ってる。驚いたのは、先輩が募金箱にお金を入れたこと。

「また、パチンコで稼げばいいからね」

先輩が、胸から下げてるペンダントの一つをチャラチャラいわせる。

ぼくは、複雑な気分で、先輩を見る。出会ってから半年になるけど、まだ先輩という人間が、よくわからない。

プールのまわりには、昨日よりもたくさんの人がいた。

野次馬の多さに、水泳部員たちは、フェンスの中で戸惑いぎみだ。

「ミスコンの中止を求める！」

プールに向かって叫んでる集団がある。ハンドマイクを持ってるのは、おかっぱ頭で眼鏡をかけた女の人。

ぼんやり見てたら、『M大生として、ミスコンの是非を考えよう！』と書かれたビラを渡された。春奈に声をかけられるまで、ぼくはミスコンの是非を考え込んでしまった。

他にも、

「本物の河童が、我々の映画の応援に駆けつけてくれた！」

と、御輿《みこし》に河童の張りぼてを載せて騒いでるのは、映画研究会だ。

側には、『大怪獣カータンは電線音頭の夢を見るか』という立て看板。

……ここにも、カータンが現れてる。

ぼくは、長曽我部先輩に訊く。

「カッパのカータンって、なんですか？」

するると、先輩の顔色が変わった。こんなに驚いた先輩を、初めて見た。

「きみは、大学生なのに、カッパのカータンを知らないのかい？」

……そう言われて、なんだか生きているのが申し訳なくなってきた。

この河童騒動が終わったら、すぐに調べることにしよう。

先輩は、大学祭の準備をしている学生たちを見て、

「大学ってとこは、奇妙な連中がたくさんいて、おもしろいねぇ」

と、しみじみ言った。

ぼくの知ってる中では、長曽我部先輩が最も奇妙な人間なんだけどな。

「春奈、ちょっと、ちょっと……」

ぼくは、先輩に気づかれないように、春奈をフェンスのところへ呼んだ。

「今、霊能力《ちから》使える？」

小声で訊く。

「大丈夫よ。カツカレー定食食べて、元気だから」

「じゃあ、プールを霊視してみてよ。それで、何かわかったら、もう調査に来なくていいだろ。この調子だと、何か手がかりが見つかるまで、毎日毎晩、ここへ連れてこられる羽目になる」

「了解。これ以上、快人が睡眠不足になるのも、可哀相だもんね」

春奈はフェンスに額をつけると、目を閉じた。

猿が反省してるようなポーズにも見える。

「……驚きの感情が見える」

しばらくして、春奈が呟《つぶや》いた。

「それ、大伴さんが驚いたときの感情だろ」

ぼくが言うと、春奈は首を横に振った。

「違う……大伴さんじゃない。プールの中……プールの中に、驚きの感情が見える……」

プールの中……？

それって、河童がびっくりしたってこと？

そのとき――、

「なんだ、春奈君、お昼寝かい？」

先輩がやってきた。

ぼくは、春奈を揺すって、『あなたの知らない世界』から現実世界へ引き戻す。

「先輩、手がかりが見つかりましたよ」

ぼくは、寝ぼけたような春奈を背中に隠して言う。

「河童は、いきなりプールに現れて、びっくりしたんです」

ぼくの言葉を聞いて、首を傾げる先輩。

「……それのどこが、手がかりなんだい？」

「……さぁ？」

しばらく考えて、ぼくも同じように首を捻《ひね》った。

ぼくたち三人は、陸上競技場の芝生に腰を下ろして、プールの方を見ている。

空を見上げると、きれいな青空に、小さなわらび餅《もち》のような雲が、いくつもいくつも並んでる。

「なんか、情報が足りないな……」

先輩が、頭をカリカリかいた。

その動きに合わせて、ブレスレットが音を立てる。

「何か、一発で謎を解くようなオカルトグッズ、持ってないんですか？」

ぼくが訊くと、先輩はフッと鼻で笑った。

「あのね、オカルトグッズは、ドラえもんのポケットから出てくる物じゃないんだよ。井上君は、まだ超常現象というものが、よくわかってないみたいだね」

それで結構。わかりたくもない。

「今のおれたちに必要なのは、便利なオカルトグッズじゃない。情報だよ」

そして、ポケットからトランプを出す。

「情報は大切だよ。すべての情報が揃ってないと、単純な現象も超常現象になってしまう。井上君も春奈君も、このカードを、よく見ててごらん」

先輩が、ぼくと春奈の目の前で、数字を下にしたトランプの山を見せる。

そして、一番上のカードをめくる。

ハートの7のカードだ。

先輩が、カードを山に戻して、ぼくに、

「一番上のカードは？」

と、訊いた。

ハートの7に決まってるじゃないか。

すると先輩は、ニヤリと笑った。

「じゃあ、めくってごらん」

言われた通りにめくると、スペードの3だった。

なぜだ！

「単純な手品じゃない。長さんは、一番上のカードだけをめくったように見せて、実は二枚めくってるの」

春奈が、先輩からカードを奪って、同じことをやってみせる。

なるほど……。でも、一度に二枚めくってるのを知ってないと、騙《だま》されてしまう。

「そう、ダブルリフトっていう簡単なマジックの技法だよ。でも、ダブルリフトを知らない井上君は見事に騙されて、情報を持ってる春奈君は、騙されなかった」

「……」

「これが、超常現象にもあてはまるんだ。一見、超常現象に見えても、情報が足りないから不思議に思えるだけってことが、多々あるんだよ」

ぼくは、先輩の話を感心して聞いていた。

オカルトグッズに騙されやすい、単純なオタク人間という、今までのイメージを改めなくてはいけない。

「じゃあ、こんなの知ってる？」

春奈が、先輩の前にチョコンと座る。

「よーくシャッフルしたカードを、一枚ずつ裏返しにして、わたしの目の前に出してください」

先輩が、言われたようにシャッフルする。ぼくは、先輩の後ろに立つ。

先輩は、一番上のカードを、春奈の目の前に出した。

ぼくの方からは、カードの数字がよく見える。

「スペードの9」

すかさず春奈が言った。正解だ。

先輩は、驚いている。続いて、二枚目のカード。

「ダイヤの5！」

また正解。先輩は、カードをひっくり返したり歯で噛《か》んだりして、調べる。

ぼくは、春奈に調子に乗るんじゃないという信号を送る。春奈の霊能力なら、五十二枚のカードすべてを的中さすなど、簡単なことだ。

「カードには、なんの仕掛けもない。うーん、わからん！」

先輩が芝生にひっくり返った。——と思ったら、すぐに起き上がる。

「そういや、黒川君が、ガラスの割れる音を聞いたって言ってたね」

先輩の見る先には、一般教養棟の建物。

屋上では、たくさんのスズメがチュンチュンと鳴き、羽ばたいている。なんとなく、ぼくはヒッチコックの映画を思い出した。

三階の一室の窓ガラスに穴が空いて、内側から段ボールを当てて応急処置してある。

「ちょっと調べてみる価値はありそうだね」

一般教養棟の一階ホールでは、掃除のおばさんがモップをかけていた。

長曽我部先輩が、にこやかに近づく。

「篠田《しのだ》さん、こんちは」

「あら、長曽我部君。あんた、今日はバイトの日じゃないでしょ。バイトじゃないのに大学にいるなんて、珍しいね」

掃除のおばさん――篠田さんが、先輩を見て頭に被《かぶ》っていた三角巾《さんかくきん》をとる。年齢は、六十歳くらいかな。小柄な篠田さんは、近所の駄菓子屋のおばさんを思い出させる。

「ちょっと篠田さんに会いたくなってね」

先輩と篠田さんが、ホールに置かれたソファーに座る。

ポケットから出した細長いタバコを篠田さんに一本わたし、二人はタバコに火をつけた。

「まったく、早く学祭が終わってほしいよ……」

篠田さんが、溜息《ためいき》をつくように煙を吐き出した。

「学生らが準備するのは、自由だよ。だけど、ちっとも片づけや掃除ができちゃいない。大学生にもなって、後片づけができないなんて、どういう教育を受けてきたんだろうね」

そんな篠田さんの愚痴を、先輩はニコニコして聞いている。

「この時期、クラブやサークルが教室を占領しちまうから、掃除も満足にできやしない。仕事の段取りが狂っちまうよ」

「三階の窓ガラス、割れてるね」

唐突に、先輩が言った。

「そうなんだよ！」

篠田さんが、右手をヒラヒラさせる。「ちょっと聞いてよ、奥さん」って雰囲気だ。

「先週の水曜日だったかな。朝、ガラスが割れてるって言われて、掃除しに行ったら、部屋に入らせてくれないんだよ」

「部屋は、どこが使ってるの？」

「社会教育学の学生だよ。なんでも、外国の子どもへ送るのに集めた古着を、いっぱい入れてあるそうだ」

そういや、ストリートチルドレンへの募金を呼びかけた看板があった。

「でもね、不思議なんだよ。割れたのは、真夜中って話なんだけど、そんな時間、建物の玄関は施錠してあるし、それぞれの部屋にも鍵《かぎ》がかけてある。割りようがないんだけどね」

「外から、石でも投げたんじゃない？」

「わざわざ三階の部屋めがけてかい？——まったく、今の学生は、何を考えてるんだろうね……」

先輩が立ち上がる。

「じゃあね、篠田さん。大学祭終わったら、またバイトするから」

「あんたみたいに、講義を聴いてるより掃除してる方がいいって学生も、いなくなったね……」

篠田さんが、しみじみと言った。

一階、二階――。

どの階も、学生が忙しそうに大学祭の準備をしている。

三階の廊下には、たくさんの段ボール箱が積まれ、その間を学生たちが右往左往してる。

窓ガラスが割れてる教室へ入ろうとしたら、サマーセーターの女の子に注意された。

「この部屋は社会教育学のゼミ室です。何か、ご用ですか?」

ドアを背にしたサマーセーターに、睨《にら》まれる。

口調は丁寧だけど、明らかにぼくたちを不審人物扱いしている。

中へ入りたいのなら、わたしを倒してからいきなさい――目が、そう言ってる。

「いや、外から見たらガラスが割れてるようだからね。もしよかったら、直してあげようと思って――」

「結構です!」

サマーセーターが、先輩の言葉をピシャリとさえぎる。

こうなったら、引き下がるしかない。

友好的な笑顔を浮かべ、ぼくたちは後ずさりした。

「せっかく三階まで上ったんだし、屋上でも行こうか」

何が「せっかく」なのか、よくわからないけど、先輩の提案にぼくと春奈は従う。（どうせ、戦闘員《したっぱ》は「はい《イー》」としか言えないしね）

階段を上り詰め、屋上へのドアノブに手をかける。

ガチャガチャ——開かない。どうやら、鍵がかかってるようだ。

足元で、ペキパキという音がした。見てみると、米粒が落ちてる。

ぼくは、スズメが屋上でチュンチュンしてた理由が、なんとなくわかった。ここに米粒が落ちてるってことは、きっと屋上にもたくさん落ちてて、スズメはそれを食べに来てるんだろう。

先輩が、胸から下げてるクロスの一つを、ドアノブに差し込もうとする。

そのとき、

「何やってるんですか！」

という雷のような言葉が、背後から襲いかかってきた。

振り返ると、さっきのサマーセーターの子が、腰に手を当てて、こちらを睨んでる。

ぼくと先輩は、反射的に春奈の後ろに隠れてしまった。

「どこへ行く気なんですか？」

一言一言区切るように、サマーセーターが言った。

「いや……その……」

先輩が、クロスをシャツの中へ隠す。

「用がないのなら、建物から出てってください！」

サマーセーターが吠《ほ》える。

別に、ぼくらが屋上へ行くのを止める権利は、サマーセーターにはないと思うんだけど、そのときは彼女の迫力に何も言い返せなかった。

またまた友好的な笑顔を浮かべると、ぼくたちは、その場から逃げ出した。


「まったく、なんなんだよ……」

大学からの帰り道、先輩がブツブツと文句を言ってる。

「屋上へ行ったたって、構わないじゃないか。なんで、怒られなけりゃいけないんだ」

確かに先輩の言う通り。どうして、彼女は、ぼくたちを屋上へ行かせなかったんだろう。

「ひょっとすると――」

先輩が呟《つぶや》く。

「屋上には、この世界とファンタジーランドをつなぐトンネルのような機械があるんじゃないだろうか。その機械で、河童を連れてきたとしたら、すべてのつじつまが合う！」

いったい、どのつじつまが合うって言うんだろう？

両手をグッと握りしめる先輩。自分の発見に感動してるようだ。

「長さん、バカなこと考えないでね」

春奈が、先輩の暴走を止める。

「あのサマーセーターの子は、社会教育学の子でしょ。そういう機械なら、工学部の連中が怪しいわ」

おいおい……。

いくら理系の工学部でも、そんな機械は造れないぞ！

「よし、明日は工学部を調べに行こう！」

明日への決意を夕日に誓う先輩。

ぼくは、屋上へのドアの前で米粒を拾ったことは黙っていた。そんなこと言ったら、明後日は農学部を調べに行くって言うに決まってる。

そうこうしてるうちに、春奈のマンション――『エクラタン』に着いた。

赤煉瓦《あかれんが》で飾られた高級感あふれる建物。

「じゃあね――」

春奈が手を振って、『エクラタン』に入っていく。

ぼくと先輩は、外から見送るしかない。女学生専用マンションの『エクラタン』のセキュリティシステムは、すごく厳しいからだ。

ぼくと先輩は、S川の堤防沿いに今川寮を目指す。

「なぁ、井上君――」

先輩が、今までに見せたことのない真面目な顔で、ぼくを見た。

「そろそろ、春奈君の秘密を話してもいいんじゃないかな？」

ドキッとするようなことを言い出した。

驚いてるぼくを見つめながら、先輩は続ける。

「……なんのことですか？」

すると、先輩は両手を肩のところで広げた。

まるで、手首についた紐《ひも》で空からひっぱられたみたいだ。

「春奈君は、霊能力者だろ。それも、かなり強い能力《ちから》を持った」

「……何を言ってるんですか？」

取りあえず、とぼけることにする。

「さっきプールのそばで見せてくれた、トランプの数字当て――あれ、霊能力を使ったんだろ」

……やっぱり、バレてたか。

頭脳をフル回転させ、なんとか言い訳を考える。

「あれはですね、ちゃんとトリックがあるんですよ。ほら、今日はいい天気でしょ。春奈は、カードを太陽の光に透かして読んでたんです」

　うまい！

　座布団十枚もらってもいいくらいの、絶妙な言い訳だ。

　そんなときじゃないとは思いながらも、ぼくは喜びのダンスを踊りたくなった。

　でも、その気持ちは、

「あのとき、井上君は、おれの後ろに立ってたよね。きみは、太陽の光をさえぎっていたんだよ」

　という先輩の言葉で吹っ飛んでしまった。

「さぁ、真実を話してくれ」

「……」

「きみと春奈君が、霊能力を秘密にしているのは、理解できる。誰だって、他人と違うことを畏《おそ》れるからね」

　先輩は、堤防に両手をつく。そして、雲に話しかけるような遠い目で呟いている。

「でも、それでいいのかな？」

　くるりと振り返った先輩。

「春奈君は、これからたくさんの人と出会うだろう。でも、秘密を持ったまま、本当に心のふれあう人間関係が築けるだろうか？」

やさしい目が、ぼくを見ている。

「もちろん、すべての人に霊能力のことを話せと言うんじゃない。信頼できる人を選んで、話していくというのは、どうだろうね。例えば、面倒見の良いやさしい先輩に話してみるとか――」

キラキラ輝く先輩の瞳《ひとみ》。

ぼくは、先輩の前に直立不動の姿勢で立つと、言った。

「――長曽我部先輩」

「なんだい？」

「春奈の霊能力って、なんのことです？」

先輩の頭が、がっくりと落ちた。

まるで、操り人形の糸が切られたみたいだった。

下宿へ帰ってから、銭湯へ行く準備をした。ぼくは、どれだけお金に困ってても、毎日お風呂《ふろ》へ行くようにしている。

すると、長曽我部先輩がまた顔を出した。

「なんだ、風呂へ行くのかい。それなら、おれもご一緒しよう！」

びっくりするような台詞《せりふ》だ。

今川寮に来て約半年。その間、先輩が風呂へ行ったのを見たことがない。

「おれは、汗をかかない方なんだ。新陳代謝が少なくてね」

先輩はそう言ってるけど、確かに先輩は汗くさくないし、髪も伸びないのか髪型も変わってない。

この人、本当に生きてるんだろうかって思わせる。

裏口から簡単な物干し場を抜けたところに、堤防へ上がる小さな鉄製の階段。

銭湯までは、堤防沿いに海へ向かって進む。国道を渡ったら、すぐそこに司朋湯がある。

お金を払って中に入ると、先輩は、

「おれ、三番！」

って三番のロッカーをキープした。

「いやぁ、銭湯も久しぶりだなぁ」

うれしそうな先輩。

「そういや、先輩と風呂へ一緒に来るのは、初めてですね」

「そうだな。四月以降、風呂へ来た回数は……」

先輩が、指折り数える。

なかなか両手の指が埋まらない。

「毎日入らないと、気持ち悪くないですか?」

服を脱ぎながら、ぼくは訊《き》いた。

「新陳代謝が少ないからね。軽く水拭《みずぶ》きするだけで、清潔になるんだ」

平然と答える先輩。

鼻歌を歌いながら、先輩は身につけたオカルトグッズを外していく。怪しげなネックレス、怪しげなブレスレット、怪しげな指輪……。

ポケットからは、怪しげな石やお札がパラパラと落ちる。

ぼくは、ネックレスの中に、『K』という金属プレートがついた物を見つけた。

「それも、オカルトグッズなんですか?」

「いや、これは、そんな物じゃないんだ……」

先輩が、慌てて隠す。

それにしても、長曽我部慎太郎という名前に、『K』の頭文字はない。

「ああ、恋人のイニシャルですか? なかなか、先輩もやりますね! いったい、どんな女《ひと》なんです?」

矢継ぎ早に訊くぼくに、先輩が溜息《ためいき》をついて言った。

「これは、そんなんじゃない。この『K』は、ナイフのKだ」

ナイフのK……? どんな意味だろう。

「ナイフって書けるか？」

先輩に言われて、ぼくは空中に指で『ナイフ』って書いた。

「いや、そうじゃない。横文字で書けるかって訊いてるんだ」

なんだ、そうだったのか。

ぼくは、空中を手で消してから、『KNIFE』って書いた。

「そう、その『K』だ」

先輩は、それ以上の説明は拒むように、シャツのボタンを外す。

黒いシャツを脱ぐと、筋肉で引き締まった胸が現れた。

「先輩、なかなか鍛えてあるんですね……」

ぼくが感心して言うと、

「何もしてないよ。ほら、このネックレスやブレスレットたち、けっこう重いだろ。だから、持ってるだけで、筋肉がつくんだ」

先輩がブレスレットを持たせてくれる。ずっしりと重い。これって、パワーリストなんじゃないかな……。

次に、ぼくは先輩の胸に描いてある紋様が気になった。

曲玉《まがたま》のような曲線を複雑に組み合わせた紋様。梵字《ぼんじ》のようにもエジプトの象形文字のようにも見える。

今までも何度となく見てるけど、とてつもなく怪しい。

「先輩、いつもその紋様を胸に描いてますけど、なんですかそれ……？」

「古代エドガ文明で祭事に使われていた紋様だよ。悪鬼や厄災が入ってこないように、結界を張る力があるんだ。おれのは水性ペンで描いてるから風呂に入ったら消えちゃうけどね」

先輩が、右手をヒラヒラさせて答えた。

不思議なことが起きた。

掛け湯をして湯船に浸《つ》かった先輩の表情が、柔らかい。

先輩は、今までだって笑顔を見せてはきた。

でもそれは、笑ってても人間味のない——笑顔の人形のようなものだった。

それが今……。

先輩は、湯に浸かりながら、実に気持ちよさそうに目を細めている。

「さぁ、磨くぞ！」

洗い場に出て体を洗い始めた先輩。胸の紋様が消えていく。

ぼくは、湯船に戻ってきた先輩に訊く。

「工学部を調べに行くのは、明日の夕方ですか？」

するとと先輩は、不思議そうな顔をした。

「工学部？　どうして？」

「だって、先輩が言ったんですよ。この世界とファンタジーランドを結ぶ機械を持ってないかどうか調べに行くって」

ファンタジーランドという言葉を聞いて、鼻で笑う先輩。

「なんだい、それは？　新しくできた遊園地の名前かい？」

ぼくは、口をパクパクさせる。

ファンタジーランドって、先輩が言い出したんだぞ。

ぼくは、ゆっくり言う。

「プールに河童《かっぱ》が現れたのは、ファンタジーランドからワープしたのが原因だって言ったのは、長曽我部先輩なんですよ」

「ファンタジーランド？　ワープ？――きみは大学生にもなって、何をバカなことを言ってるんだい」

は？

「いい年してそんなこと言ってると、危ない人って思われるぞ」

……何を言ってるんだ、この人は。

まるで、いつもの長曽我部先輩とは別人だ。

そのとき、ぼくは思い出した。

今年の夏、同じようなことがあった。雨で、先輩の胸の紋様が消えたときだ。あのとき、先輩は、いつものオカルト大好き人間ではなく、論理的に物事を考える普通の大学生になってしまった。

「この世で起こるすべての現象には、きちんとした原因がある。その原因を、論理的に考えていくことが、これからの時代を担う若者にとって大切なことだとは思わないかい」

そういう先輩の瞳《ひとみ》。キラキラ輝いている。

風呂に入るまでの操り人形のような先輩とは、大違いだ。

「物事を深く考えず、すべての原因を『超常現象』で片づけようっていうのは、あまりに安易で感心できないね」

頭に載せていた赤いタオルを湯船に浸けてから、顔を拭《ぬぐ》う先輩。

この変わりよう。ぼくには、先輩の存在が超常現象に思える……。

「長曽我部先輩……」

ぼくは、先輩に言う。

「タオルを湯船に浸けちゃダメなんですよ」

「これは失敬」

素直に頭を下げる先輩。うーん、やっぱりおかしい。

先輩は、怪しげなブレスレットやネックレスを身につけていくたびに、元の長曽我部先輩に戻っていった。

そして次の日、先輩は大学へ来なかった。

ぼくと春奈は、相談の結果、先輩の部屋を訪ねてみることにした。

そういや、同じ下宿に住んでいながら、ぼくは、まだ先輩の部屋に入ったことがない。

寮の裏側についてる鉄製の非常階段を上って、二階へ。

先輩の部屋の戸をノックする。

「はい……」

微《かす》かな返事がした。

「井上快人と――」

「春奈ちゃんでーす！」

ぼくたちは名乗りをあげた。

「ああ、きみたちか。入ってくれ」

言われたように、戸を開ける。先輩の部屋は、まだ日は落ちてないのに、真っ暗だ。

戸口で、ぼくと春奈は目が闇に慣れるのを待つ。すると、だんだん部屋の様子が見えてきた。

窓ガラスには、ブラックフィルムが貼られている。だから、外の光が入ってこないんだ。壁は黒く塗られている。先輩が、自分で塗ったんだろうな。

本来、今川寮の部屋の壁は、ベージュ色の化粧壁だ。こんなふうに塗ってるのが大家さんにバレたら、怒られるだろうな……。

床には、黒いカーペットが敷かれている。中央には、黒い円形のローテーブル。

先輩は、テーブルの前に座っていた。

「井上君に春奈君、よくこの部屋を訪ねてくれたね。うれしいよ」

そして、ぼくたちも座るように、手で示した。

「……なかなか、いい部屋ですね」

何を言っていいかわからないので、取りあえず部屋を見回し、誉めておく。

黒い本棚には、たくさんの本が並んでる。洋書が多い。

『The Golden Dawn』、『The Key of Solomon the King』、『The Goetia』……。知らない本ばかりだ。(知りたくもないけど)

壁の掛け軸を見る。

「聖徳太子《しょうとくたいし》の掛け軸なんて、珍しいですね」

ぼくが言うと、

「安倍晴明《あべのせいめい》だよ」

って不機嫌な声が返ってきた。

「わー、かわいい!」

春奈が、側に置いてあった人形を抱きしめる。黒い布製の人形で、白い線で目と口が描かれている。あと、胸のところに×印。

「ああ、それはヴードゥドールだよ。黒い色のは、人を呪うときに使うやつだよ」

「……」

春奈は、丁寧に人形を床に置いた。

「ちなみに、そっちの緑色のは、金運を招くときに使うんだ」

先輩が、本棚の上のヴードゥドールを指さす。ぼくと春奈は、人形に見つめられてるようで、とても居心地が悪い。

「……ずいぶん暗くしてるんですね」

ぼくは天井を見上げた。

蛍光灯がつけてあるはずの場所には、何もない。部屋の隅には、鋼鉄製の燭台《しょくだい》が置いてある。悪魔が十本の指を広げたデザインになってる。(こんなの、どこで売ってるんだろう……)

「暗い方が、精霊と話をするのに便利なんだ」

そう言いながらも、先輩は蠟燭《ろうそく》に火をつけて、テーブルの中央に置いてくれた。

蠟燭の明かりに、先輩の胸元が浮かぶ。昨日言ってた古代エドガ文明の紋様が、再現されている。

「先輩……今日は河童の調査をしないんですか？」

ぼくが訊《き》くと、

「ああ、それはもういいんだ」

少し寂しそうに、先輩は言った。

「あやかし研究会の方へも、報告書は出しておいた。何も心配することはない」

「どんな報告書を書いたんです？」

「『大学のプールに河童が現れるという話がありましたが、調査の結果、超常現象でもなんでもないことが判明しました』——これだけだよ」

調査の結果……。今、先輩は、調査の結果って言った。

「じゃあもう調査は終わったんですね？」

ぼくが訊く。

「その通り」

そして、先輩はそのまま後ろにひっくり返った。

手を頭の後ろで組み、天井を見つめたまま呟《つぶや》く。

「なかなか、この世には本物のあやかしっていうものはないもんだね……」

その言い方が、あまりに哀しそうだったので、ぼくは訊きたいことが訊けなくなってしまった。

ぼくが訊きたかったこと——。

先輩は、いったいどのような理由で、河童騒ぎは超常現象ではないという答えを出したのか？

それからの日を、ぼくと春奈は大学祭の準備をして過ごした。

ほとんどの講義が休講で、大学全体が大学祭ムード一色になっていった。

でも……。

クラスの仲間とわいわい言いながら準備をしていても、心の中では、プールの河童について考えていた。

すでに、先輩は答えを出している。つまり、答えはちゃんと存在しているということだ。

先輩がわかったんだ。ぼくだって考えればわかるはずだ。

そして——。

明日から大学祭という夜、ぼくは答えを見つけた……。

大学祭が始まった。

大学のメインストリートを中心に、出店が並んでる。

普段は学生しかいないキャンパスに、子どもも大人も駆けつけている。教官用の駐車場はフリーマーケットの会場になり、掘り出し物を探す主婦で賑《にぎ》わってる。

そのそばでは、和太鼓愛好会が太鼓を叩《たた》き、まったく違うリズムで社交ダンス部が踊ってる。

広場の特設ステージに登場してるのは、人形劇団『つくしんぼ』だ。今日は、特別公演『甦《よみがえ》れピンポンパン！　～受け継がれる魂～』が、上演される。

このまま見ていたいけど、そんな時間はない。

たいていのクラス、クラブは、揃いの法被《はっぴ》を着ている。ぼくたちのクラスも、黄色いトレーナーと白いエプロンを用意した。

「どいた、どいたー！」

大学祭のオープニングを飾る、各種団体参加の御輿《みこし》行列が始まった。

人々は、その御輿を避けるように出店をひやかしていく。

ぼくたちのクラス主催の餅《もち》つき大会と巨大双六《すごろく》は、子どもたちに好評で、キャヲキャヲ騒ぐ子どもたちの相手をするのに全力を使わなくてはいけなかった。

糯米《もちごめ》は、農学部の生産試験場から無料で分けてもらった。生産試験場というのは、わかりやすくいえば、田圃《たんぼ》、畑、牛やニワトリの飼育小屋が集まった場所のことだ。

ぼくと春奈は、子どもたちの相手を二時間して、交代してもらった。

さてと――。

エプロンを外し、取りあえず一時間の自由時間を手に入れた。

それぞれの学部棟では、歌声喫茶やディスコ、天文占いなどが行われている。アニメ研究会が主催した仮装大会があるので、キャンパスは、なんだかよくわからない恰好《かっこう》をした人たちであふれかえってる。

ぼくたちは、その中でも、最もわけのわからない人――長曽我部先輩を捜さなくてはならない。

一つずつ店を見ていく。

学祭の稼ぎで活動費を賄《まかな》おうとしてる出店は、かなり気合いが入ってる。

中国とバングラデシュからの留学生が共同で出してる店は、すごい人だかりだ。ラハリという名前のドライカレー、時間があったら食べてみよう。

ミスコンを中止した水泳部は、代わりに『ミスターM大コンテスト』を行ってる。水着審査には、多くの女性と一部の男性が集まり、声援を送っていた。（声援を送ってる黒川さんは、もう演武会や演劇会が終わったのだろうか？）

そして、社会教育学の焼き鳥屋で、コップ酒を呑《の》んでる先輩を見つけた。

運動会なんかで使うテントが四張り。一つが厨房《ちゅうぼう》になっていて、他のテントの下に、テーブル席がつくられている。

店の前には、『焼き鳥一串五十円　どぶろく一杯百円』の立て看板。風が吹き込まないように、テントの一部が青いビニールシートで覆われている。

店内には、世界各地のストリートチルドレンのパネル。そして、『当店の売り上げは、すべてストリートチルドレンへの募金活動にあてさせていただきます。売り上げに御協力ください』と書いてあった。

「やぁ、井上君に春奈君！　きみたちも、一緒に呑もうじゃないか！」

先輩はご機嫌だ。普段は浅黒い顔が、ほの赤くなっている。

ぼくたちは、先輩の前に座った。

「長さん、そのお酒、おいしいの？」

未成年のくせに酒好きの春奈が、先輩に訊いた。

「ああ。ちょっと甘口だけど、うまいよ」

先輩が、手を挙げて店の人を呼ぶ。やってきた女の人を見ると、何か見覚えがある。そうだ、この間ぼくたちを一般教養棟から追い出したサマーセーターの子だ。（今日は、サマーセーターの上に赤い法被を着ている）

「どぶろく、あと二つ。おれには、おかわり！」

先輩が、コップを空にする。

そうか、この酒は、どぶろくっていう名前なのか。

「どうぞ——」

サマーセーターが、ぼくたちの前にコップをドンと置く。もっと愛想《あいそ》よくしてくれてもいいのにな……。

「いただきます！」

ぼくが止める間もなく、春奈がコップの半分ほどを一気に呑んだ。春奈も、ぼくと同じで未成年のくせに……。

「ほぅ、いい呑みっぷりだ。さぁ、井上君も呑め、呑め」

先輩に勧められるけど、ぼくは、きっぱりと断る。

「ダメです。ぼくは、未成年ですから」

「変わったことをいう奴だな……。大学生で、そんなこと言ってる奴、いないぞ」

「長さん、もっと言ってやってくださいよ。快人ったら、コンパでも呑まないから、先輩たちに疎まれてるんですよ」

春奈が、告げ口する風紀委員みたいな口調で言った。

別にいいじゃないか。法律で決まってることを、きちんと守ったたって。

いいや、今はそんなことはどうでもいい。

ぼくは、背筋を伸ばして、先輩に言った。

「謎が解けました」

「謎って、なんの?」

「プールに河童《かっぱ》が現れた謎ですよ!」

「……」

ぼくの言葉を聞いても、先輩の反応はあまりない。

酔ってるのかな……?

「先輩も謎を解いてるのは知ってます。だから、ぼくの謎解きが正解かどうか聞いてほしいんです」

「聞きたくない」

「え?」

「聞きたくないんだよ。おれは、あやかしに日常では感じられないロマンを求めている。なのに、河童の謎解きは、つまらない現実を思い出させた。だから、おれは聞きたくないんだ」

先輩が、細長いタバコに火をつけた。

聞きたくないっていう先輩の気持ちはわかる。でも、ぼくは構わず話し始める。

「河童は想像上の動物で、大学のプールに現れるはずがない――この当たり前のことを出発点に、ぼくは謎解きを始めました」

そう、いつだって真実は当たり前のところにある。

「では、大伴さんの証言は、嘘なのか？　いえ、そんなはずはありません。まず、嘘をついても、大伴さんになんの利益もありません。それに、嘘をつくのなら、もっとリアリティのある嘘をつくはずです」

先輩は、コップの中の白い酒を見つめている。ぼくの話を聞いているのだろうか……？

「つまり、大伴さんは嘘をついていないということになります。では、いったい何を河童と見間違えたのか？　そのとき、プールには、いったい何がいたのか？」

ぼくが真剣な口調で話してる横で、春奈がどぶろくを呑み干している。

まぁ、いい。ぼくは、ぼくの世界を守って謎解きを続けよう。

「河童の正体は、空手部の人たちです」

ぼくは、黒川さんの話を思い出す。

合宿所のシャワーが壊れてるって、黒川さんは言っていた。そのわりに、黒川さんは汗くさくなかった。

「空手部の人たちは、夜中にプールに忍び込んでいたのです」

「ちょっと待ってよ、快人。プールのフェンスには、鉄条網が張られてるのよ。忍び込めるわけがないじゃない！」

春奈が口を挟んでくる。うん、それほど酔ってはいないようだ。

「空手胴着やビニールシートを使ったんだよ。黒川さんたちは、鉄条網の上に空手胴着を何枚か被《かぶ》せて、フェンスを乗り越えたんだ。これなら、鉄条網の刺《とげ》は刺さらない」

この間、空手部が練習しているのを見た。一年生の空手胴着は、汚れてはいなかったが、ところどころ鉤裂《かぎざ》きになっていた。あれは、鉄条網にひっかかって破れた痕《あと》なんだ。

「あの日の黒川さんたちのやったことを順に考えてみます。まず、黒川さんたちは、鉄条網にビニールシートを被せた。ぼくたちが見た、ミスコン反対の看板にひっかかっていた物です。そして、プールに入ると黒川さんたちは水の中で汗を流した。季節は秋ですが、話によると、空手部の人たちは真冬の海で寒中水泳するそうですね。今の時期なら、平気でプールに入るでしょう。さて、汗を流していると、大伴さんが近づいてくる足音が聞こえてくる。今までも、こういう場面は何度もあったんでしょう。黒川さんたちは、慌てることなく水面に体を沈めた。ところが、あの夜は風が強かった。鉄条網の上にかけてあったビニールシートが、フワリと水面に落ちてきたんです」

春奈は、プールの方から驚いた感情を霊視した。それは、黒川さんたちの感情だったんだ。

「暗いプールで、突然、頭の上にビニールシートが被せられたのです。驚くのも無理ありません。びっくりした空手部の人は、『グギャーァ』と悲鳴をあげ、シートを被ったまま慌てて立ち上がった。それが、大伴さんには河童に見えたのです」

　これで、ぼくの謎解きは終わりだ。

　先輩の方を見ると、またコップを空にしている。ぼくらが来てから、もう四杯目だ。コップを置いて大きな溜息《ためいき》をつくと、先輩は言った。

「……八十五点かな」

　八十五点?

「今の井上君の謎解きだよ。確かに、河童の正体は言い当ててる。でも、それじゃあ足りないんだ」

　先輩が、ぼくを見る。あれだけ呑んでるのに、まだ目は濁っていない。

「きみは、『手品師が右手を出したときは、左手を見よ』って言葉を知ってるかい?」

　先輩に訊かれた。

　聞いたことはある。

　手品師が右手を出して観客の注目を右手に集めたとき、左手でタネを仕込んでいるって意味だったような気がする。

「その通り。つまり、マジックのタネを見抜こうと思ったら、右手ではなく左手を見ればいいってことだよ」

　なるほど。

でも、それがいったいなんの関係があるんだろう？

「井上君は、不思議に思わなかったのかい？　大伴さんが河童を見たのが金曜日の夜。そして、その噂話が井上君の耳に入ったのが日曜日のお昼。あっと言う間に噂話が広がっている。そんな短時間で、あまりに速く広がってると思わないかい？」

「どういうことです？」

「意図的に、噂は広められたのさ。みんなの目をプールに向けさせるためにね。つまり、河童が現れたプールが、手品師の右手というわけだ」

じゃあ、左手は……？

「それを、今から教えてあげるよ」

先輩が、どぶろくのおかわりを要求した。

「河童の正体は、青いビニールシートを被った空手部の人だった」

先輩が言う。

「そして、そのビニールシートは、ミスコン反対の看板にひっかかっていた物——井上君も、さっきそう言ったね」

ぼくは、うなずく。

「じゃあ、そのビニールシートは、いったいどこから飛ばされてきたのか？」

どこから……？

そんなこと、考えてもみなかった。

「おそらく、一般教養棟の屋上からじゃないかと思うんだ」

サマーセーターの子が、どぶろくを持ってきた。テーブルに置くとき、手が震えていたのか、どぶろくがこぼれる。

「つまり、一般教養棟の屋上が、手品師の左手なんだよ」

「……」

「ビニールシートが落ちていたら、なんでそんな物が落ちてるのかって不思議に思う者がいる。だから、河童の噂話を広げて、みんなの目をプールに向けたんだ」

なるほど。

だけど、それなら一般教養棟の屋上では何が行われてたんだろう……？

「これだよ」

先輩が、コップを目の高さに持ち上げた。

「どぶろくを造っていたのさ」

そのとき、隣の厨房用のテントから、お皿が割れる音がした。

「どぶろくって、そんなに簡単に造れるの？」

春奈が、目を輝かせて訊いた。

こいつ、自分でも造ろうって考えてるな……。

「簡単だよ。基本的に、麹《こうじ》と米と酒酵母があればいい。米を蒸して麹を振りまき、麹カビを繁殖させたのをもとに、さらに蒸した米と水、酵母をくわえて、低温で二十日ほど発酵させればいいのさ。一般教養棟の屋上は広いからね。大量のどぶろくが造られていたはずだ。そして、ビニールシートは、夜露を凌《しの》ぐためや風避《かぜよ》けに使われていた」

そして、あの夜、強い風がシートをプールの中へ吹き飛ばした……。

でも、どぶろくが簡単に造れるってのが、先輩の話でわかった。

「家で漬物をつけるのと同じようなもんさ。難しいのは、瓶に詰めて蓋《ふた》をするとき。上手にやらないと、ガスで蓋が吹っ飛ぶんだ」

蓋が飛ぶ——ひょっとして、それは……。

「一般教養棟の三階、社会教育学の教室には、古着の他に、どぶろくが大量に貯蔵されてるんだろうね。窓ガラスが割れたのは、ガスで吹っ飛んだ蓋のせいだった。どぶろくのことを秘密にしておきたい社会教育学の連中は、掃除をしてやろうという篠田さんを教室に入れるわけにはいかなかった」

先輩の話で、ガラスが割れた原因はわかった。

でも、どうして、河童の噂を広めてまで、どぶろく造りを隠さなけりゃいけなかったんだろう？

その点を先輩に訊くと、先輩は呆《あき》れたもんだというように肩をすくめた。ぼくは、思わずテントの天井を見たけど、そこから糸は垂れていなかった。

「今の大学生は受験勉強で忙しいのか、どうも一般常識に欠けているようだな」

あやかし研究会課長にしてオカルトグッズを大量に身につけてる長曽我部先輩は、自分のことを常識人間だと考えてることに、ぼくと春奈は驚いた。

「酒税法ってのを、知らないのか？」

……すみません、知りません。

頭を下げるぼくと春奈。

仕方ないって感じで、先輩が説明してくれる。

「酒の製造免許を受けないで酒造りをした場合、五年以下の懲役または五十万円以下の罰金に処せられる。それから、製造した酒類、原料、器具なんかはすべて没収だ」

「どうして、そんな法律を犯してまで、どぶろく造りをしたんです？」

ぼくは訊いた。だって、法律を守らないってのは、いけないことじゃないか。

「現実は厳しいってことさ」

先輩が、頭の後ろで手を組む。

「ちょっと調べてみたんだけど、外国へボランティアの物資を送るのにも金がいるんだ。まぁ、当たり前と言えば当たり前の話だけどな。善意だけじゃ、船も飛行機も動かないってわけさ。燃料は、善意では買えない」

先輩が溜息をついて、どぶろくをあおる。まるで、会社の愚痴をこぼすサラリーマンみたいだ。

「さて、物を売って金を稼ごうとしたとき、どうやったら効率よく稼げる？　簡単な話だ。仕入値を安くして売値を高くすればいい。どぶろく造りの米は、農学部から分けてもらえばいい」

そういや、ぼくらのクラスも、糯米を農学部から分けてもらってる。

「労働力については、善意あふれる学生がたくさんいる。つまり、どぶろくを自分たちで造れば、酒屋で買うより、はるかに安くつくってことさ」

「……」

「まぁ、こんなことを考えてたら、現実の厳しさに嫌気がさしてきたのさ」

先輩が、ニカッと笑う。

それまでの真剣な表情とは違って、ぼくらをあやかし研究会に入会させたときの顔だ。

「もっとも、今話したことには、なんの証拠もない。それに、このどぶろくが密造された物だろうが酒屋で買った物だろうが、おれには関係ない」

先輩は、立ち上がると財布を出した。そして、サマーセーターに代金を訊《き》く。

「……お代は結構です。その代わり、どぶろく造りのことは秘密に――」

先輩は、彼女の台詞《せりふ》をさえぎって言った。

「タダ酒をうまいと思えるほど、おれは酒呑《の》みじゃないんだ」

そして、店の入り口に置いてある募金箱にお札を入れる。

「ごちそうさま、おいしかったよ！」

春奈も立ち上がると、募金箱にお金を入れた。

さて――。

ぼくの前には、手つかずのコップが一つ。このどぶろくをどうするかだ……。

未成年の飲酒は禁じられている。ぼくは、今までその決まりを守って生きてきた。だけど――

ぼくは、コップを口に当てた。

まず、一口、ゴクリ。ゴクリ、ゴクリ……。

米の粒々と、どろりとした甘い味が口の中に広がる。そして、焼けるような熱さ。

その熱さが、指の先まで――全身に広がっていく。

ピンク色の霧に包まれたような気分だ。

「ぷふぁ〜！」

熱い息を吐いて、ぼくはテーブルに空のコップをタンと置いた。

「ごちそうさまでした」

丁寧に手を合わせ、立ち上がる。少しふらつくけど、悪い気分じゃない。いや、悪いどころじゃない。今まで感じたことのないような、いい気分だ。

よし、帰ろう。

立ち上がったぼくは、ポケットから財布と小銭入れを出す。財布に入っていた千円札二枚と、小銭入れの中の二百六十三円を、全部募金箱に入れる。

「あの……大丈夫なの……？」

サマーセーターの彼女が心配してくれるが、それは、ぼくがふらついてるのを心配してるのか、全財産を募金箱に入れたのを心配してるのか……。

まぁ、どっちでもいいや！

ぼくは、店の外で待ってる先輩と春奈のところへ走り出す。

うん、足取りは確かだ。ぼくは、酔ってない。あれくらいの酒で、酔うものか！

そのとき、ぼくは不意にカッパのカータンのことを思い出した。

河童の謎は、先輩がみんな解いてくれた。

残ってるのは、カッパのカータンだけだ。

ぼくは、先輩と春奈に向かって、大きな声で叫ぶ。

「カッパのカータンって、なんなんですか？」

そのとき——。

ザワリと音がして、ぼくの周囲から人が後ずさった。

みんなの顔が、恐怖に青ざめているようだ。

「きみは……カッパのカータンを知らないのか？」

恐ろしいものを見るような目で、ぼくは訊かれた。

いったい、カッパのカータンって……。

第四話　木霊

やっと暖かくなってきた。

今まであまり開けることがなかった窓を、大きく開ける。

風はまだ冷たいけど、なんとなく冬は終わりだよって空気が流れている。

今年は、京洛公園の桜も例年より一月くらい早く咲くだろうって話だ。

冬の間、この今川寮の四畳半は、本当に寒かった。

夏の暑さを扇風機なしで乗りきったぼくも、この寒さには命の危険を感じた。

生活費を切り詰めて切り詰めて、なんとか電気ストーブを買った。

これで、ぼくの生活水準は、今川寮内でトップになった。

というのも、今川寮の先輩たちは、ストーブを持ってないからだ。せいぜい持ってても、コタツぐらい。（あとは、練炭火鉢とか）

だから、先輩たちも、冬を越すのに苦労してたみたいだ。

ロンさんとシゲさんは、長期アルバイトに行っている。かなりハードな肉体労働だそうだけど、

「泊まり込みのバイトなら、凍死の心配ないからな」

って、笑顔で出かけた。

凍死って言葉が、冗談に聞こえないのが怖い。

ロンさんは、卒業できなかった時点で、仕送りを止められている。卓球が忙しく、なか

なかバイトできないロンさんの部屋は、とっても寒々しい。(以前、「今、一番欲しい物は何ですか」って訊《き》いたら、「愛と毛布」って言ってた)

シゲさんは、部屋にいるときは、基本的にトランクス一枚の人だ。冬場になると、裸の上半身に綿入れ半纏《ばんてん》を羽織るだけ。もっと暖かい恰好《かっこう》をすればいいのにって思うけど、「これがおれのポリシーだ!」って、着ようとしない。

確かに、この二人は泊まり込みのバイトに行ってる方が安全だろう。

イチさんは、夜は徹夜麻雀《マージャン》、日中はパチンコと、暖房の利いた場所を渡り歩いてる。

カラガクさんは、服を何枚も重ね着してコタツにもぐりこんでいる。でも、外出するときは、重ね着した服を脱いで最新流行のファッションで出かける。『伊達《だて》の薄着』って言葉を地でいってる。

黒川さんと平さんは、コタツすら持ってない。

黒川さんは、

「空手部副将として、これくらいで寒いって言ってられないよ」

って、ピンクの頬で微笑んでる。さすが、雪の降る真冬の海で寒中水泳する人は、違う。

平さんは、よくわからない。あまり寒さを感じてないみたいだ。

さて、長曽我部先輩だ。

先輩とは、この四ヶ月ほど会ってない。先輩の部屋二〇五号室は、ぼくの部屋の真上。

物音がしないから留守なんだと思うけど、どこへ行ってるんだろう？（旅行に出かけるなんて話は、聞いてないけどな……）

とにかく、ぼくが一人暮らしを始めて、もうすぐ一年がたとうとしている。

時間に余裕ができ、家庭教師のバイトも増やすことができた。

「先生、『京洛公園の桜の下に、死体が埋まってる』って話、聞いたことがある？」

突然、義一《よしかず》君から訊かれ、ぼくは手に持っていたコーヒーカップを置いた。

そして、十秒ほど考えてから、ぼくは答えた。

「いや、聞いたことがない」

ふー、疲れる。

子どもからの質問には、正確に慎重に答えなくてはならない。いい加減に答えるようでは、家庭教師失格だろう。

「先生の大学で、こんな噂、聞いたことがないの？」

また、義一君の質問。

今度は、答えるのに二十秒ほどかかった。

「いや、聞いたことがない」

すると、義一君は、

「ふーん、そうなんだ。ぼくの学校では、みんな知ってるのに」

少し残念そうに、言った。

義一君は、中学二年生。でも、小柄で童顔なので、よく小学生に間違えられるそうだ。

この家庭教師は、今年に入ってから始めたもので、まだ二ヶ月くらいしかたってない。

ここは、義一君の勉強部屋。新聞広告に出てくるような小さな家の二階。六畳の部屋に、学習机とベッドが置かれている。

壁には、サッカー選手のポスター。窓からは、神社の大きな御神木が見える。

ストーブもコタツもないけど、部屋は暖かい。

床暖房かセントラルヒーティングか、とにかく、ぼくには縁のない暖房システムで、部屋は暖められている。

「ストーブ類だと、部屋の空気が汚れるからね。換気しなくちゃならなくなるし——」

義一君は澄ましてる。

ぼくの四畳半より広い部屋で、中学生が快適に暮らしてることに、何もわだかまりは持ってない。持ってないっていったら、持ってない！

気持ちが寂しくなりそうなので、ぼくは話題を戻す。

「義一君は、その噂を信じてるのかい？」

腕時計をチラリと見て訊く。休憩時間は、あと二分四十七秒。

雑談する時間は、ある。

「うーん……。信じてないかな。でも、もし死体が埋まってるなら、なんかゾクゾクしない？」

この質問に答えるのには、十五秒ほどかかった。

「ゾクゾクするというのは、そのときの心理状態によるところが大きいからね。普遍的な答えにはならないけど、それでもいいのなら、答えよう」

義一君がうなずく。

ぼくは、口を開く。

「地球ができてから、約四十億年以上がたったといわれている。そして、生物が誕生したのは四十億年前だそうだ。今言った数字は、ぼくが昔に調べたものなので、現在は、修正されているだろう。時間があるときに、義一君が調べてほしい。さて、この間に、地球上のあらゆる場所で、あらゆる生物が死んだといえる。つまり、ぼくたちは、たくさんの死体の上に住んでいるということができる。こう考えると、別に京洛公園の桜の下だけに死体が埋まっていると大騒ぎする必要もないような気がするね。というわけで、ぼくはゾクゾクしない」

すると、義一君は、小さく溜息《ためいき》をついた。

「わかりました」

ふむ、どうやら義一君は、ぼくの答えに満足できなかったようだ。本当に、人に教えるということは、難しい。

「ぼくからも、訊いていいかな?」

義一君がうなずいたので、ぼくは質問した。

「きみは、死体が埋まっててほしいのかい?」

ニヤリと笑う義一君。

「はい」

そのときの笑顔――ぼくは、怖かった。薄い唇が少し歪《ゆが》み、笑顔をつくる。でも、目は笑ってない。

だから、ぼくは次の質問――どうして、埋まっていてほしいのか?――を、訊くことができなかった。それに、腕時計を見ると、休憩時間が終わろうとしている。

ぼくは、義一君の肩をポンと叩《たた》いて言った。

「さぁ、勉強に戻ろうか」

すっかり遅くなってしまった……。

バイトの時間は八時までなのだが、終わったのが九時二十分。

最後の数学の問題が難しく、なかなか解くことができなかったのだ。

「先生、もういいよ」

義一君は、そう言ってくれたけど、ぼくはあきらめなかった。答えを出すということ以上に、難しい問題を前にして投げ出さないという姿勢を見せなくてはいけないような気がしたからだ。

いつもの就寝時間——午後九時を過ぎ、眠りにつこうとする脳を叱咤《しった》激励し、問題を解いた。

過熱ぎみの頭を冷やそうと、窓を開けようとしたら、

「ダメだよ、先生！　窓は開けないで！」

って、義一君に怒られた。

でも、問題を解いたときの感動は、映画『ロッキー』のラストシーンを思い出させるものだった。

「先生、遅くまでありがとうございました」

玄関先で、義一君のお母さんからブルゾンを受け取る。

義一君のお母さんは、とても丁寧な方で、いつも、ぼくの上着を預かってくれる。どうやら、ブラシをかけてくれてるみたいだ。

ぼくは、中古で買った自転車にまたがり、義一君の家を出た。

空気はまだ冷たく、風を切ると頬が痛い。

でも、もう春がそこまで来ている。この冷たい風も、あと少しでふんわりとしたやさしい風になるんだ。

ぼくは、ペダルを漕《こ》ぐ足に、力を入れた。

さて、このとき、ぼくの脳はどのように動いていたか。

はっきりいって、半分以上は眠っていたのではないだろうか。

バイトやレポートで、午後九時就寝が難しい日々も増えてきた。でも、長年の習慣で、九時を過ぎると脳が勝手に眠ろうとしてしまうのだ。

ぼくは、京洛公園の入り口で、自転車のブレーキをかけた。

ここは、美術館や図書館など、公共施設が建ち並んだ地区で、民家がなく静かだ。

いつものぼくなら、何も気にせず、公園前を通り過ぎていただろう。

でも、そのときのぼくは、義一君から聞いた話が、妙に気になっていた。

『京洛公園の桜の下に、死体が埋まっている』……。

本当に、そうなんだろうか……。

ぼくは、自転車を公園に乗り入れた。

人気のない公園。

ぼくは、ゆっくり自転車を漕ぐ。

公園内は明かりが少なく、真っ暗だ。おまけに、今夜は雲が多く星明かりもない。

起伏に満ちた公園の中を進む。

赤い橋がかかった池を過ぎ、丘の上に出れば、たくさんの桜が植えられた場所だ。

そのとき――。

ぼくは、無意識にブレーキレバーを握っていた。

五十メートルほど先に、ぼんやり人影が見える。

髪の長い女の人だ。

着ているのは、コートだろうか？　白くて裾《すそ》の長い服。

右手には、丸く膨らんだスーパーのビニール袋を持っている。

女の人が、ブレーキの音に振り返った。

長い髪が、フワリとひるがえる。

表情はわからない。でも、ぼくの方を見たことだけは、はっきりわかった。

女の人は、向き直ると、足を速めた。

すぐに、闇に溶け込んでしまった。

ぼくは、どれくらいぼんやりしていただろうか？

そのときは、怖くはなかった。なぜ、こんな時間に女の人が歩いてるんだろうっていう、不思議な気持ちの方が強かった。

ぼくは、自転車を漕いだ。

丘の上に出る。

広場を囲むように、たくさんの桜が植えられている。

ぼくは、広場の真ん中で自転車を降りた。

女の人は、どこにもいない。

まわりの桜が、ぼくを見つめているようだ。

雲が切れ、月が姿を現した。

銀色に光る桜の木。宙に向かって伸びた枝で、つぼみが薄いピンク色をしている。

風が吹き、ザワザワと枝が揺れた。

「……」

桜が、ぼくに向かって何か言いたげに、枝を揺らす。

ザワザワ……。

ザワザワ……。

ぼくは、自転車にまたがると、ペダルを漕ぐ。

振り返ると、何か怖いものを見てしまいそうなので、できるだけさりげなく京洛公園を出た。

口笛で『おおブレネリ』を吹いて、明るい気分を演出しようとしたのだが、哀しいことに、『ドナドナ』のメロディになってしまった。

「安心しなさい、快人。何もおかしな霊は、憑《つ》いてきてないから」

次の日、今川寮に遊びに来た春奈が、ぼくの背後を見て言った。

「でもね、面白半分で心霊スポットに近づかない方がいいわよ。おかしなものが憑いてくると、祓《はら》うのに手間がかかるから」

ぼくは、黙って春奈の言葉を聞く。

「でも、快人が京洛公園の噂を知らなかったのは、意外ね。本当に、聞いたことがなかったの？」

うなずく。

ぼくは、逆に訊《き》いた。

「そんなに有名な話なのか？」

「そうよ。今年になってから言われ始めたんだけど、最初は、インターネットの掲示板への書き込みじゃなかったかな」

インターネットね……。

ぼくは、自分の四畳半を見る。

コンピュータもテレビも新聞もない。小さなラジカセが、カラーボックスの上にあるくらいだ。

これは、何もぼくの部屋に限ったことじゃない。他の先輩たちだって、よく似たものだ。

ちなみに、寮生で携帯電話を持ってるのは、カラガクさんだけ。あとの者は、階段横にあるピンク電話を利用している。

「まぁ、今川寮《こ》は、IT革命から二十年くらい取り残されてるからね」

ぼくは、自嘲《じちよう》気味に笑う。

「春奈は、京洛公園に行ってみたの?」

「ううん。興味ないもん」

そう言ってから、少し考える春奈。

「でも、快人がおかしなものを見たのなら、放っておけないわね」

「心配してくれてるんだ」

「うん、まぁね。あとで祓うのも、面倒だし」

そして、ぼくたちは京洛公園に行くことになった。


日曜日の昼間に見る公園は、静かでポカポカしている。

杖《つえ》を手にした老夫婦が、ベンチに座ってる。

風は暖かく、もう春がそこまで来てるよって、教えてくれてるみたいだ。

『平和』ってテーマで絵を描こうと思ったら、京洛公園《こ》が最も相応《ふさわ》しいと思う。

「どう、春奈？　何か感じる？」

　ぼくは、春奈に訊いた。

　春奈は公園に来てから、とっても楽しそうにあちこち走り回ってる。

　遠足に来た小学生が、自由行動を許されたときに、こんな顔をする。

「大丈夫。何もおかしなものは感じないわ。それより、鯉にエサあげようよ！」

　池にかかった赤い橋から手を振る春奈。

　ぼくは溜息《ためいき》をついて、自動販売機で『鯉のエサ　百円セット』を買った。こんな物が、百円もするなんて……。

　ちなみに、鯉のエサの自動販売機があるのは、T市で京洛公園だけだ。

　橋からエサをまくと、鯉がバシャバシャと群がってくる。その食欲は、鯉というよりピラニアみたいだ。

「この池に、死体が沈んでるって可能性は？」

　ぼくは、エサをまいてる春奈に訊いた。

「ない、ない。ここから四キロ四方に、悪霊も物の怪《け》もいないわね。清浄なものよ」

　持っていたエサをすべてまき終わり、手をパンパンと払う春奈。

　エサが入っていたビニール袋を捨てようと思ってゴミ箱を探したら、ハエがたかってるゴミ箱が見つかった。大きな円筒形のゴミ箱から、ゴミがあふれている。

ぼくは、ビニール袋を捨てるのをあきらめて、ポケットに仕舞った。

「これから、どうする？　図書館へ行って、新聞でも調べるか？」

ぼくの提案に、

「もっと便利な人を知ってるわ」

春奈が、携帯電話を出した。

軽やかな手つきでボタンを押す春奈。楽しそうに話したあと、電話を切った。

「誰に電話したの？」

「同じ下宿の先輩に、伴大《ばんだい》って人がいるの。『しんぷるたうん』でバイトしてるから、こういう怪情報には詳しいのよ」

『しんぷるたうん』っていうのは、T市のタウン情報誌だ。おいしいラーメン屋さん情報や、映画情報、お奨《すす》めデートスポットなど、様々な情報が載っている。

「京洛公園の桜の噂について訊いたら、前の号で特集したんだって。詳しい話を聞かせてくれるって言うから、『イエローポテト』で待ち合わせすることにしたわ。もちろん、喫茶店代は、快人が出してね」

イエローポテトは、春奈たち女の子にとっては、ハーバー近くにあるお洒落《しゃれ》な喫茶店。ぼくら貧乏学生にとっては、お洒落で高い喫茶店。（だから、一回しか行ったことがない）

ぼくは、春奈に背を向けて財布の中身を確認した。銀色に光る硬貨が数枚。かろうじて、コーヒー三杯分あるかないか……。

ぼくは、春奈に訊く。

「その先輩、タウン誌でバイトするぐらいだから、コーヒーをブラックで飲むような、硬派な女性なんだろ？」

首を横に振る春奈。

「ううん。伴大先輩は、チョコパフェとチーズケーキと大喰《おおぐ》い番組が大好きな女性よ」

「……」

ぼくは、『イエローポテト』の水が、どんな味だったかを思い出そうとした。

伴大先輩は、鼈甲縁《べっこうぶち》の眼鏡をかけ、長い髪を三つ編みにした女性だった。

なんだか文芸部の女部長って雰囲気だ。

「伴大先輩、日曜日なのに呼び出してすみません」

春奈が、伴大先輩に頭を下げる。

「いいのよ。おかげでチョコパフェを食べられるんだから」

パフェが詰まった背の高いグラスを前に、伴大先輩はご機嫌だ。

「で、知りたいのは、この情報でしょ」

トートバッグから、『しんぷるたうん』のバックナンバーを数冊出す伴大先輩。

雑誌を置くため、テーブルの上から、春奈は水のグラスとコーヒーのカップをどけた。

ぼくは、水のグラスだけをどけた。この二つの文を書いたら、なんだか哀しくて涙が出てきた。

「前の号で、大々的に取り上げたんだけど、調べてみると、ちょこちょこと載ってるようなのね。最近のバックナンバーを持ってきたから、読んでみて」

ぼくは、その中で一番古い『しんぷるたうん』を取り上げた。

『今年は、石油ストーブがお買い得！』という記事に、心が惹《ひ》かれる。中身を読むと、今年は冬が早く終わるという気象庁の三ヶ月予報が出て、石油ストーブが叩《たた》き売りされるだろうということだ。

うーん、電気ストーブを買ったのは、早まったかもしれない。

「わたしが気づいたのは、これが最初――」

伴大先輩が、ぼくが持ってるのより二号あと――二月中旬発売の『しんぷるたうん』を持ち上げた。

読者投稿欄を見ると、次のような投稿があった。

昨日、『京洛公園の桜の下に、死体が埋まってる』って書き込みを、ネットの

掲示板で見ました。もし本当だったら、やだなぁ……。（お花見を楽しみにしてるのに）
誰か、詳しい情報持ってたら、教えてください。
（お気楽フリーター）

「この、お気楽フリーターさんって、常連の投稿者なのよ。で、どの掲示板に書き込まれてたかを教えてもらったの」

伴大先輩が、掲示板の名前を言った。春奈はうなずいてるけど、ネットをしないぼくは、黙って聞いてるだけ。

「その掲示板の、ローカルニューススレッドで書き込まれてたのよ。そのときから、その掲示板をずっとチェックしてるんだけど、書き込まれる文章は、いつも同じ。『京洛公園の桜の下に、死体が埋まってる』ってことだけ」

「誰が書き込んだか、わからないんですか？」

ぼくの質問に、伴大先輩が首を横に振る。

「無理ね。犯罪が関係してるようなら、警察も動いてくれるでしょうけど、これだけじゃ、イタズラで終わりよ」

なるほど。そんなものだろう。

「で、『しんぷるたうん』では、独自に調査を始めたの。まず、どこから書き込んだかを調べたんだけど、T市内のネットカフェからってことまではわかったわ。他にも、霊能力者を呼んできて、京洛公園を霊視してもらったりもしたの」

ぼくは、口に含んだ水を吐き出さないようにして、伴大先輩が開いたページを見る。

修行者みたいな服を着た髭《ひげ》だらけのおじさんが、数珠《じゅず》を持った右手を突き出し、カメラを睨《にら》んでる。なかなか、インパクトのある写真だ。

「この霊能力者は、なんて言ってるんですか？」

「京洛公園の桜からは、強い怨念《おんねん》を感じる。桜の下に埋められた死者が発しているメッセージだろう。——こんなことを言ってたわ」

ぼくは、横に座ってる春奈を見る。

春奈が、テーブルの下で右手をヒラヒラ振ってる。

なるほど。嘘八百ってことか。

「あなたたちも、何か情報持ってるの？」

伴大先輩が、システム手帳を取り出した。

ぼくは、バイト帰りに見た、髪の長い女の人の話をした。

「いいわね……。『さまよえる亡霊』、『死者の怨念が花開く』——なかなか使える話じゃない！」

伴大先輩は、うれしそうだ。

どうやら、この人は、情報の正確さや信憑性《しんぴょう》より、おもしろいかどうかってことが重要みたいだ。

長曽我部先輩と会ったら話が弾むだろうなって、ふと思った。

伴大先輩と会ってから、ぼくは京洛公園の桜の噂について、注意するようにした。

すると、意外に噂は浸透してることがわかった。

隣の部屋の黒川さんも知ってたし、家賃を払いに行ったとき、今川庵《あん》のお客さんまで、うどんをすすりながら話していた。

シゲさんも知ってたので、

「どうして、今川寮の人たちはネットをやらないのに知ってるんですか？」

と、訊いてみた。

「ネットがなくても、おれたちには『安下宿共同情報網』があるからな」

「……なんですか、それ？」

「どこのスーパーが特売してるとか、時給のいいバイト募集が来てるとか、おれたち安下宿に住んでる者にとって身近な情報を、口コミで伝える情報網だ。ネット情報など、子どもの伝言ゲームに思えてくるぞ」

……それは、すごい。

「でも、去年までは、今川寮でもインターネットしてる人はいたんだぜ。柳川さんだ」

ああ、花見の場所取りをしてる柳川さんに会ったことがある。

「実際、すごい人だったよ。バイトも勉強も、全力投球でやっていた。ネットも、研究室で使わなくなった古いコンピュータをもらってきて、あとは独学で頑張ってたな。一時期、寮の電話がつながらなくなったりもしたけど、おれたちはみんな柳川さんを応援してたよ」

シゲさんの口振りから、柳川さんを尊敬してるのがわかった。

「井上君、残念だね。今、柳川さんがいたら、ネットの掲示板を見せてもらえるのに」

そう言われて、ぼくはうなずいた。

それに、みんなから慕われてる柳川さんが、噂についてどう考えるか、訊いてみたかった。

そして、こういう噂がたつと、宗教関係者も必ずしゃしゃり出てくる。

新聞の読者投稿欄に、次のような意見が載せられた。

最近、T市の某公園について、『桜の木の下に、死体が埋まってる』という噂が流れています。いったい、これはどういうことなのでしょうか。いつから、日本人は、このような噂話を流して楽しむような低俗な民族になってしまったのでしょうか。これも、日本人が正しい宗教観を持っていないからでしょう。今からでも遅くありません。神に祈り、日頃の生活を悔い改めましょう。

T市の噂話から、いきなり日本人論に進んでしまうのもすごいと思う。いや、一番すごいのは、こうも偏った意見が新聞の投稿欄に載るということだろうか。

そして、噂はエスカレートしていった。

「先生、『こだま』って知ってる?」

今日は、水曜日。家庭教師のバイトの日。

義一君に訊《き》かれ、ぼくはどう説明すれば中学生に理解できるかを考えた。

そして、四十七秒後、口を開いた。

「新幹線には、いろんな種類があるんだ。『こだま』や『ひかり』、『のぞみ』っていうようにね。その中でも『こだま』は——」

「そうじゃなくって——」

義一君が、ぼくの言葉をさえぎった。

「平仮名じゃなくて、木の霊って書く方の木霊《こだま》」

ああ、そうだったのか……。

ぼくは、あやかし研究会と長曽我部先輩のおかげで、知りたくもないのにオカルト関係に詳しくなってしまった。

新幹線の『こだま』より、『木霊』の方がスラスラ説明できるのが、哀しい。

「木霊っていうのはね、古い木に宿る精霊のことだよ。木霊は、木や杜《もり》などの自然を守るように、人間に警告を出したりするときがある。その警告を聞き入れれば、木霊はお札をしてくれるが、もし聞き入れなければ、祟《たた》りをなしたりもする。神社や杜の中に、注連縄《しめなわ》を張った大きな木や古い木があったりするだろ。あれは木を神聖化したり、神が憑《つ》くものとして奉っているものなんだ」

義一君は、真剣にぼくの話を聞いてる。

ぼくは、窓の外から見える神社の御神木を指さした。

「あの大きな杉の木も、御神木として注連縄が張られてるんだろうね」

そして、この言葉を付け加えるのを忘れない。

「もちろん、今言った木霊についての説明は、ただの知識だ。木霊について知っているということと、木霊が実存するって信じることは、まったく違うことだからね。そこんとこを勘違いしないように」

「じゃあ、先生は、木霊を信じてないの？」

ぼくは、大きくうなずく。

「当然だね。ぼくは物事を合理的に科学的に考えたいんだ。なんでもかんでもオカルトで片づけるような思考停止状態は、ぼくが最も嫌うことだ」

「ふーん」

ぼくは、腕時計を見る。

大丈夫。まだ、休憩時間はかなり残ってる。

ぼくは、もう少し科学的に考えることについて話しておいた方がいいと判断した。

「この間、知り合いの霊能力者と京洛公園に行ってきたよ。そして、霊視してもらったんだ。すると、あの場所に死体は埋められていない、噂にはなんの根拠もないって、言ってたよ。これで、科学的に考えることがいかに大切で、噂話に左右されることがバカなことだってわかったかい?」

しばらく腕を組んで考える義一君。

「先生は、霊能力者の能力《ちから》を信じてるの?」

ぼくは、大きくうなずく。確かに霊能力は存在する。春奈の能力《ちから》は、本物だ。

腕を組んでる義一君に、首を捻《ひね》るという動作が加わる。

「霊能力者の能力《ちから》を信じるってことと、オカルトを否定するってことは、先生の中で矛盾してないの?」

「……」

ぼくは考える。どうやったら、春奈と出会ってからの心理的葛藤《かっとう》を中学二年生に説明できるのだろう……?

二分十八秒後、ぼくは説明をあきらめた。無理だ……。

肩を落とすぼくを慰めるように、義一君が話題を変えた。

「先生、知ってる? また、新しい噂が増えたんだよ」

ノートを広げる義一君。

心なしか、ぼくが勉強を教えてるときより、生き生きしてるようだ。

「『満月の夜、京洛公園の池に映る桜は、血の色に見える』、『地面に落ちた桜の花びらを、家に持ち帰ってはいけない』、『高杉神社の御神木の下に、五億円強奪犯が金を隠している』――」

義一君が読み上げる噂話。どれもこれも、他愛ない都市伝説に思える。

だけど、最後の噂だけが、少し気になった。

「高杉神社の御神木って、あれだよね？」

ぼくは、窓から見える背の高い杉の木を指さした。

「うん、そう」

義一君の家は、新興住宅街の中の一つ。こぢんまりした建て売り住宅が整然と並ぶ中、御神木がニョッキリ見えている。

あの下に、お金が……。

五億円強奪事件というのは、六年前にT市で起きた未解決事件だ。

強奪された金額が大きいのと、怪我人を一人も出さず手品のように鮮やかに犯行を行ったことから、ずいぶんマスコミでも騒がれた事件だ。

「現代の怪盗！」などと、犯人を英雄視するような報道も目立った。おかしな話だ。

でも、犯人が御神木の下に金を隠してるのなら……。

ぼくの頭の中で、金銀財宝が光り輝く。

もし五億円あったら、生活費に困ることもないんだ……。

ぼくは、フラフラと窓枠に手をかける。

「あっ、先生、何やってるの！　窓は開けないで！」

義一君に止められた。

この日は、時間通りにバイトを終えることができた。

京洛公園のそばを通ると、ほころび始めたつぼみのせいで、桜の木が、ぼぅっと輝いて見えた。

この調子だと、週末は花見客で賑《にぎ》わうことだろう。

ぼくは、腕時計を見る。本屋さんに寄っても、就寝時間は守れそうだ。

駅前の本屋さんに向けて、自転車を走らせる。

夜の駅前は、まだまだ人通りが多い。いつも不思議に思うんだけど、この人たちは、何時に寝てるんだろう……？

探していた本を買い、店を出たところで、居酒屋さんから出てきた柳川さんに会った。

「やぁ、きみは……」

ぼくの名前が出てこないのだろう、片手を挙げたポーズで、柳川さんが固まる。

「お久しぶりです。今川寮の井上快人です」

名前を言うと、

「ああ、そうだった。失礼、失礼。たくましくなってるから、わからなかったよ」

笑顔を見せる柳川さん。ネクタイを緩め上着を小脇に抱えた柳川さんは、ずいぶん疲れてるみたいだ。

「柳川さんは、居酒屋さんで何をしてるんですか？」

ぼくは訊いた。

「ずいぶん、妙なことを訊くね。居酒屋から出てきた人間に、何をしてるかなんて、普通は訊かないよ」

うん、それが普通だ。

ぼくだって、柳川さんから酒の匂いがしたら、さっきみたいなバカな質問をしなかっただろう。

「なるほど……。きみは、いい目をしてるね。長曽我部先輩を思い出すよ」

正確には良い鼻なんだけど、ぼくは黙っていた。

「実は、週末の花見の席を予約したんだ。電話でも済むんだけど、会社からの帰り道だからね」

「花見って……居酒屋じゃあ、桜なんか見えませんよ」

ぼくが言うと、柳川さんは右手をヒラヒラ振った。

「いいのさ。酒呑《の》んで騒げたら、なんだって」

投げやりに言う柳川さん。去年の春に会ったときの、〈燃える新入社員!〉の面影が感じられない。

なんだか、夜店で買ってもらったガス風船が、次の日の朝にしぼんでるのを見つけたときのような……そんな寂しさを感じた。

「井上君は、バイトの帰り?」

「はい」

「そうか、頑張ってるんだね」

なんだかうらやましそうな、柳川さんの口調。

「卒業して一年、やたら学生時代《むかし》のことを思い出すんだ。特に、長曽我部先輩のことを、よく思い出すな。あの生き方は、憧《あこが》れだよ」

長曽我部先輩の生き方が、憧れ……?

ぼくは、首を捻《ひね》る。

三十歳が目前に迫っても卒業せず、オカルトグッズに囲まれ、気が向けばバイトして生活費を稼ぐ――そんな生き方に、憧れ……?

考え込んでしまったぼくの肩を、柳川さんがポンと叩《たた》く。

「井上君も、社会人になったらわかるよ」

「ぼくは、長曽我部先輩より、柳川さんの方がすごいと思います。今川寮の先輩たちも、みんな柳川さんのことを尊敬してますよ」

「……そうか、ありがとう」

少し微笑む柳川さん。

「でもな、やっぱり学生時代が一番いいよ。なんでもかんでも、一生懸命やれるからね」

「柳川さん……今は、一生懸命じゃないんですか？」

すると、柳川さんは、ひょいと肩をすくめた。

「酒の席の予約なんか、一生懸命やるほどのことじゃないだろ」

「……」

柳川さんの、吐き捨てるような言葉が、痛かった。

目の前にいる柳川さん。距離は近いけど、学生と社会人っていう見えない壁が、間にある。

卒業したら、ぼくも柳川さんみたいになるんだろうか……。

ぼくは大きく息を吸い込んで、明るい口調で言う。

「でも、花見の場所取りしなくてよかったですね」

それを聞いた柳川さんは、

「そうだね」

ってニヤリと笑った。

長曽我部先輩によろしくって言う柳川さんと別れ、ぼくは今川寮に帰った。

次の日、講義がすべて終わって寮に帰ると、部屋の前に春奈がいた。

ぼくと同じ講義を申告してるのに、なぜか大学で会うより今川寮で会うことの方が多い。

「講義サボってばかりだと、試験のときにキツイぞ」

ぼくの忠告に、春奈はそっぽを向いている。なんだか、すごく機嫌が悪そうだ。

コタツに座って向かい合うと、春奈は新聞の地方版を取り出した。

「快人、この女《ひと》とどういう関係なの？」

低い声。つり上がった目が、すごい迫力だ。

春奈に怒られるようなこと、何かしたかな……？

でも、今は春奈を刺激しない方がいい。長年の付き合いで、それはわかってる。

ぼくは、春奈を見ないようにして、新聞を広げた。

「へぇー、もうオタマジャクシが出てきたんだって！」

明るい雰囲気をつくろうと、ほのぼのした記事を紹介したんだけど、

「そこじゃなくて、こっちの記事！」

春奈の暴風雪《ブリザード》みたいな声が飛んできた。

ぼくは、春奈が指さす記事を見た。

『非常識ＯＬ　ゴミを大量投棄』という見出しがあった。

「ひょっとして、この記事に出てくる人のこと？」

ぼくが訊くと、春奈がうなずく。

「顔写真が載ってないんじゃ、知ってる人かどうか、わからないよ！」

文句を言っても、春奈は聞く耳を持たない。

「その記事から、快人のビジョンを感じたの。その人、快人のことを知ってるわ。それも、普通の知り方じゃない。その人の、快人を見てドキドキした気持ちが、伝わってきたもん」

「写真のない、文字だけの記事で、そこまでわかるの？」

「そうよ！」

春奈の霊能力、絶好調だな……。

「さぁ、いったい、どういう関係なの！」

そう言われてもな……。

ぼくは、考えてみる。この記事のＯＬさんが、ぼくに片思いしてて、物陰からぼくを見てドキドキしてる……ってことは、絶対にないな。

二十年近く生きてきて、そんなにモテないってことは、ぼくが一番よく知っている。

「断言してもいい。ぼくは、この人と会ったことないよ」

真面目な顔をして言ったんだけど、まったく信じてもらえなかった。

ぼくの言葉と春奈の霊能力——普通は、ぼくの言葉の方を信じるよな……。

でも、何か言うと春奈の怒りに油を注ぐようなものなので、ぼくは取りあえず記事を読む。

中身は、ＯＬが部屋に溜《た》めたゴミを、京洛公園のゴミ箱に大量に捨てたというものだった。

このＯＬ——A子さん（二十七歳）は、アパートでの一人暮らし。社会人になって、アパートに引っ越したのだが、入居の際、ゴミの分別について教えてもらわなかったそうだ。A子さんの地域は、ゴミの分別にとても厳しい地区で、ゴミ捨ての日には当番が立ち、ちゃんと分別ができてるかチェックしていた。分別の仕方を知らないA子さんは、ゴミを捨てることもできず、アパートの一室をゴミ専用の部屋にしていた。ところが、今年に入って、春からの転勤を命じられ、A子さんは困ってしまった。約五年間で溜めたゴミは、一部屋を完全にふさいでしまっていた。そこでA子さんは、一月の中程から、夜になるとスーパーの袋に入れたゴミを、京洛公園に捨てに行っていた。しかし、五年間分のゴミは、そう簡単に減らない。四月の転勤は迫ってくる。業を煮やしたA子さんは、友人から車を借りると、残ったゴミを一度に捨てようとした。ところが、京洛公園では、最近、ゴミの量が増えたことを不審に思った公園管理者が張り込んでいた。

「――A子さんを捕まえた公園管理者は、『二十七歳なら、もっと常識を身につけてほしい』と言っている」

記事を読み終えたぼくは、新聞を丁寧に畳むと春奈に返した。

そして、さっきより真面目な顔で春奈に言う。

「さっきの言葉を撤回する。ぼくは、この人と会ったことがある――っていうか、見たことがある」

記事を読んだぼくは、思い出した。このA子さんって、夜の京洛公園で見かけた、髪の長い女の人だ。

あのとき、A子さんは、丸く膨らんだスーパーのビニール袋を持っていた。あの中には、ゴミが入ってたんだ。

そして、A子さんがドキドキしてたのも、理解できる。こっそりゴミを捨てようとしてるところを、ぼくに見られたんだから。

「これで、ぼくとA子さんが無関係だってことが、わかっただろ」

春奈がうなずく。

「A子さんとしては、桜の下に死体があるって噂が流れて、最初はラッキーだって思っただろうね」

ぼくが言うと、春奈が首を傾げる。

「どうして？」

「そんな不気味な噂が流れたら、誰も公園に寄ってこないって思ったのさ。ゴミを捨てるには、好都合だろ」

「でも、中には快人みたいな物好きがいるわよ」

「その通り。A子さんの予想と違って、物好きな連中が、ワヤワヤと公園を見学に来たりした。人を追い払いたいA子さんは考えた。そして、『死体が埋まってる』って噂より、もっと不気味な噂を流すことにしたのさ」

ぼくは、義一君に教えてもらった噂を、春奈に言った。

「それ、わたしも聞いたわ。なんだか、一度に噂が増えて、おかしいなって思ったもん」

「結局、A子さんは、人を遠ざけるために流した嘘で、自分の首を絞めたわけだね」


土曜日――。

「先生。ぼく、すごい物を拾ったんだ」

勉強の休憩時間。義一君が目を輝かせて言った。

そして、本箱から百科事典を取り出し、ページに挟んであった一万円札を、ぼくに見せた。

「すごい！」

ぼくは、言葉通り、驚いていた。

折り目のないピンピンの一万円札。拾えるものなら、ぼくも拾いたい。

「これ、どこで拾ったんだい？」

ぜひ、教えてもらいたいものだ。

すると、義一君は胸を張って答える。

「高杉神社の御神木のところだよ」

「……」

「ひょっとすると、本当に五億円が埋まってるかもしれないよ！」

「……」

ぼくは、何も言わず、折り目のない一万円札と、目をキラキラさせて話す義一君を見ている。

「ねぇ。警察へ行って、『このお金を御神木のところで拾いました。本当に、五億円強奪犯は、御神木の下にお金を埋めてるかもしれません』って言ったら、警察は御神木の下を掘って捜査するかな？」

「……やめた方がいいね。そんなことをしても、きみの大切なお年玉を損するだけだし、御神木だって枯れたりしないよ」

ぼくの言葉に、義一君は、驚く。

そして、小さな声で言った。

「どうしてわかったの？」

腕時計を見る。休憩時間は、あと一分二十九秒しか残ってない。

ぼくは、腕時計を外すと、ポケットに入れた。

「そのお札を見たときに、おかしいなって思ったんだ」

ぼくは、話し始めた。

「数学というより、算数の問題を出そう。五億円って、一万円札で何枚になる？」

すぐに答えを出す義一君。

「五万枚」

「その通り。五万枚のお札っていったら、たいへんな量だよ。どうして、その中の一枚だけが落ちてたんだろうね？」

「……」

「ちなみに、一日に一万円使うとして、五億円を使いきろうとしたら、どれくらい日数がかかるか、わかる？」

今度は、なかなか答えが出せない。

「百三十年以上かかるんだ」

その答えに、義一君はびっくりしている。億や兆なんて単位、日常的に聞いたり使ったりしてるけど、実際は、とても大きな数だ。

ちなみに、一秒に一回手を叩くとして、五億回叩こうと思ったら、不眠不休で十五年以上かかる。

話を元に戻そう。

「折り目のついてない新しい一万円札——いかにも盗まれたお金のように見える。でも、おかしいよね。強奪事件が起きたのは、六年前。その間、埋められていたとしたら、もっと汚れてないといけない」

ぼくの話を、義一君は真剣に聞いている。普段も、これくらい真剣だったら、家庭教師も楽なんだけど……。いや、今は言うまい。

「ケースに入れて埋められてたのなら、お札がきれいなのは、わかる。じゃあ、どうして一枚だけ落ちてたのか？　ケースには、もっとたくさん一万円札が入っていたはずだ」

ぼくは、義一君に訊く。

「他に、お金は落ちてたかい？」

「……」

「地面に、土を掘ったあとはあったかい？」

「……」

義一君は、答えない。

ぼくは、言う。

「そこで、考えた。お金を拾ったってのは、きみの嘘なんじゃないかってね。それだけじゃない。『高杉神社の御神木の下に、五億円強奪犯が金を隠している』——この噂を流したのも、きみだろ？」

「……どうして、そんなことをしなきゃいけないの？」

うつむいたまま、上目遣いに義一君が口を開く。

「きみが御神木を嫌いだから。御神木の下を掘ることで、木が枯れてしまえばいいって思ってるから」

「……」

「花粉症の人にとっては、杉の木は憎い敵だからね」

ぼくの言葉に、義一君が顔をあげた。

「いつわかったの？」

「だって、最初から隠すつもりなかったんだろ。言わなかっただけで」

そう、花粉症なんて、別に内緒にすることじゃない。

「でも、御神木をなんとかしようと思ったころから、花粉症だってことを言わないようにしてたんだろ？」

義一君がうなずいた。

「ぼくは、花粉症じゃない。だから、きみがどれだけ辛《つら》いかも想像するしかない」

ぼくは、義一君に言う。

花粉症の辛さはわかるよ——そんな浮ついた言葉は、言う気にならない。

「でも、もし花粉症で、近所に杉の大木があったら、ぼくだって切り倒したくなるだろうね。たぶん、きみのようにスマートな方法を考えられず、ノコギリで切ろうとして警察に捕まるだろうけど」

「……」

「第二次世界大戦後、日本で杉の木が大量に植えられたのは知ってるかい？」

義一君は、首を激しく振る。

「知らないよ。なんで、そんなことしたのさ」

「杉は、植えやすいし手入れがしやすいからだよ。そして、杉を植える反面、広葉樹を切って、森の姿を変えてしまった」

「……」

今、ぼくが言ったのは一般的な知識だ。

これを聞いて、義一君が、どう考えるか……。

「……それが、ぼくとなんの関係があるの？」

義一君が口を開く。

「昔の人が無茶苦茶したってのは、先生の話でわかった。でも、そのせいで、どうしてぼくが苦しまなくちゃいけないの？　ぼくには、関係ないじゃないか！」

そして、義一君は黙り込んだ。

うつむいて、爪を噛《か》んでいる。

ぼくは、邪魔をしないように、すっかり冷めてしまったコーヒーを飲む。

しばらくして、義一君が顔をあげた。

「どうしたらいいの？」

「問題は、そこだ」

さぁ、ぼくの出番が来た。

ポケットから腕時計を出す。

大丈夫。まだ、勉強の時間は、たっぷり残ってる。

このとき、ぼくはなんとなく自分が中学生のときのことを思い出した。

まわりの大人は、勉強やスポーツをしろと、やかましかった。でも、もっと他に必要なことは、たくさんあったんだ。

「今、きみは問題が何かわかった。次にすることは、解決方法を考えることだ。そして、ぼくは家庭教師。解決方法を教えることができるほど優秀じゃないけど、一緒に考えることはできると思うよ」

　すると、義一君は、

「はい、先生」

　って言った。

『先生』って言葉の響きが、とてもうれしかった。


　季節は、鮮やかに冬から春に変わった。

　京洛公園は、連日、花見で賑《にぎ》わっている。ぼくも春奈も後期試験が終わり、大学は春休みになった。

「ねぇ、快人。久しぶりに家へ帰ったら？」

「そう言う春奈は、どうするんだ？　春休みでもすることがないから、ぼくの部屋でゴロゴロしてるんだろ」

「正解」

　ポテトチップをくわえた春奈が、答えた。

　感心なことに、ぼくの部屋へ来るとき、春奈は自分の食べるお菓子をちゃんと持ってくるようになった。

「快人が帰るのなら、わたしも帰る。一緒に帰ろ」

「そうだな……」

一人暮らしを始めてから、もうすぐ一年。

その間、ほとんど家には帰ってない。

お盆は、長曾我部先輩に連れられて海の家でバイトしてたし、正月は、シゲさんの紹介で注連縄《しめなわ》を売っていた。

このとき、ぼくは思い出した。

長曾我部先輩を、しばらく見ていないってことを――。

先輩、いったいどうしたんだろう……？

そのとき、頭上でガタンという音がした。

ぼくの部屋の上――先輩の部屋だ。

続いて、ドアが開く音と、鉄製の非常階段を下りてくる足音。

ノックの音がした。

「やぁ、井上君。久しぶりだね」

長曾我部先輩が、ドアの向こうから顔を覗《のぞ》かせた。

胡桃《くるみ》みたいな大きな目が、なんだかトロンとしている。

「あー、長さんだ！　ひっさしぶり！」

春奈が、歓声をあげる。

先輩が、右手をシュタッと挙げて歓声にこたえる。

「先輩……。本当に、久しぶりですね。どっか、旅行にでも行ってたんですか？」

「うん？　いや、ずっと部屋にいたよ」

頭をカリカリかきながら、先輩が部屋に入ってきた。

うっすらと無精髭《ぶしょうひげ》がはえてるし、以前に比べて痩《や》せたみたいだ。

「部屋にいたって、本当ですか？　まったく物音がしませんでしたけど……」

「ああ……。冬眠してたんだ」

……驚くもんか。

畳に座った先輩が、タバコをくわえる。

ぼくは、先輩のために用意してある灰皿を差し出した。

「冬場は寒いだろ。何もする気になれないしね。この四ヶ月ほど、呼吸数や心拍数を抑えて、寝てたんだ。三日に一回くらいは起き出して、水や食料を手に入れてたんだけど、夜中に動いてたから、井上君は気づかなかったんだね」

そして、大きく欠伸《あくび》。

ぼくの頭の中で、『珍獣』って言葉が点滅する。

「でも、今年は早く冬が終わって助かったよ。去年は、三月の終わり頃まで冬眠してたからね。今年は、二週間ほど起きるのが早いよ」

こんな生活してるから、いつまでたっても大学を卒業できないんだろうな……。

「それで、おれが冬眠してる間に、何かおもしろいことはなかったかい？」

おもしろいことね……。

「この間、柳川さんに駅前で会いました。先輩によろしくって、言ってました」

「そうかそうか。で、柳川君は元気だったかな？」

「なんだか、疲れてるみたいでした——」

ぼくは、柳川さんと会ったときの様子を、先輩に話す。

「社会人の生活が、楽しくないみたいでした」

ぼくが言うと、先輩は指をチッチッチと振った。

「きみは、まだまだ柳川君のことがわかってないよ。彼は、そんなことで押しつぶされるような奴じゃない」

断言する長曽我部先輩。

「さぁ、他に何かなかったかい？」

他に……。

ぼくは、考える。オタマジャクシが例年より早く出てきたとか、石油ストーブが安かったなんて話、聞きたくないだろうし……。

考えてると、春奈が口を挟んだ。

「京洛公園の桜の話をしてあげたら？」

　ああ、そうだ。

　ぼくは、『京洛公園の桜の下に、死体が埋まってる』から、『高杉神社の御神木の下に、五億円強奪犯がお金を隠してる』までの噂話、そして、それらにまつわるちょっとした事件の話をした。


「なるほどね、おもしろいじゃないか」

　新しいタバコをくわえる先輩。

「それに、井上君がちゃんと事件を推理してるのがいいね。これを、あやかし研究会に報告したら、戦闘員《したっぱ》から一つ上の階級に上がれるかもしれないよ」

「いやぁ、そうですか」

　照れたぼくは、頭をかく。

　なんにつけ、人から誉められるのは、うれしいものだ。（たとえそれが、あやかし研究会に関わることであっても）

「ただ、一つわからないことがあるんだ」

　先輩が、タバコの煙と一緒に言葉を吐き出す。

「どうして、A子は、『京洛公園の桜の下に、死体が埋まってる』なんて噂を流したんだ？」

「それは、不気味な噂を流して、ゴミを捨てるときに、人が来ないようにするため……」

そう言いながら、ぼくはなんだか気持ちが悪かった。

ゴミを捨てるためだけだったら、別に、そんな噂を流す必要もない。

人気のない時間を見計らって、捨てればいいだけの話だ。

それに、そんな噂を流せば、逆に物見高い連中が集まってくる心配もある。(現に、ぼくも見に行った)

じゃあ、どうしてA子さん（二十七歳）は、噂を流したんだろう。

「A子じゃないよ」

先輩が、タバコをもみ消す。

「死体が埋まってるって噂を流したのは、A子じゃない。でないと、矛盾が起こる」

確かに、そうだ。

新聞記事によると、A子さんがゴミを捨て始めたのは一月の中程。噂が流れ始めたのは、二月に入ってから。

順番がおかしい。人を寄せつけないために噂を流したのだったら、どうして、ゴミを捨て始める前から噂を流さなかったのか。

わからない……。

A子さんが最初の噂を流したのではないとすると、いったい誰が……。

そのとき、先輩がボソリと言った。

「死者の怨念《おんねん》は、存在するよ」

その言葉で、部屋の気温が急に下がったような気がした。

「無念の死を迎えた者が、『自分はここにいる、誰か見つけてくれ』ってメッセージを発してるんだろうね……」

「……」

「じゃあ、おれは風呂《ふろ》に行ってくるよ」

先輩が立ち上がった。

「さすがに四ヶ月も冬眠すると、髭が伸びて気持ちが悪いね。この際だから、さっぱりしてくるよ」

そうは言うけど、四ヶ月も髭を剃《そ》ってないようには見えないんだけどな……。

まったく、新陳代謝の少ない人だ。

先輩が帰ってきたのは、二時間後。

「ああ、さっぱりした」

そう言う先輩からは、ほのかに石鹸《せっけん》の香りがする。

ぼくは、先輩が風呂に行ってる間、自分がどうすればいいか考えていた。

死者が、自分を見つけてほしいから、『桜の下に死体が埋まってる』という噂話を流した。――こんなバカな話、信じられるわけがない。

でも……そうでも考えないと、どうしてこんな噂が生まれたか、説明ができない。

それで、ぼくはどうすべきなのか？

死者の怨念など信じてないが、もし、本当に死体が埋まってるとしたら、放っておくわけにもいかない。

ここは、ちゃんと掘り出して供養してあげるのが、人としての道だろう。

春奈は、死体は埋まってないって言ってたけど、勘違いということもある。

もう一度、春奈に霊視してもらって、死体を見つけてあげよう。

「先輩も手伝ってくれませんか」

ぼくの決意を先輩に言うと、先輩は、きょとんとした顔をする。

「手伝うって、何を？」

「だから、言ったじゃないですか。京洛公園に行って、埋まってる死体を掘り出しましょうよ」

ぼくは立ち上がる。逆に、先輩は座り込む。

「まぁ、井上君。落ち着きたまえ」

先輩が、タバコを出した。

「死者の怨念なんてバカなことを言ってないで、おれの話を落ち着いて聞きなさい」

……はぁ？

先輩の言ってることが、さっきとまったく違う。

ぼくは、先輩の胸を見た。

風呂上がりで熱いのか、シャツのボタンを上から三つ外している。

筋肉に覆われたたくましい胸。いつも描かれてる紋様が、ない。

「いいかい、すべての出来事には原因がある。『桜の下に死体が埋まってる』――という噂が流れたのにも、必ず原因があるんだ」

論理的な先輩の言葉。

確かに、その通りだ。というか、それは、いつもぼくが大切にしていることだ。

「だから、ぼくは、本当に死体が埋まってると考えたんですよ」

「それで、その死体が自分を見つけてほしいから噂を流した……そんなバカな話を、大学生にもなってしない方がいいよ。笑われるだけだ」

「……」

「この噂を、意図的に流した人間がいる」

先輩が断言した。

「それは、わたしも快人も考えたわ。ねぇ、快人」

「うん……」

春奈に言われて、そう答えたものの、実は考えていなかった。

「でもね、動機がわからないの。なんで、そんな噂を流したか？　ただの悪ふざけにしては、しつこすぎるしね」

春奈が、首を傾げる。ぼくも真似して首を傾げる。

「じゃあ、論理的に動機を考えてみよう。そのために重要になってくるのは、『京洛公園の桜の下』というように、具体的に『京洛公園』って地名が出てることだ」

なるほど。

言われるまで気づかなかった。

確かに、県内の有名桜どころ——M川の千本桜でもなくK市の渡しの桜でもなく、噂では京洛公園の桜と言われてる。

何か、京洛公園でなくてはいけない理由があるのだろうか。

「このT市では、京洛公園以外に、花見ができる場所がないからさ」

えーっと……先輩の言ってる意味が、なかなかわからない。

「だから、噂を流した犯人は、京洛公園で花見をさせたくなかったんだ。陽気に酒でも呑《の》んで桜を愛《め》でようってのに、その場所に死体が埋まってるなんて言われたら、気分が乗らないからね」

「でも、そんなこと気にする人ばかりじゃないでしょ」

現に、連日、京洛公園は花見客で賑わっている。

ぼくの反論に、先輩がうなずく。

「そりゃそうだ。だから、犯人は、噂を気にする人――縁起を担いだり占いを気にするような人が花見をしなけりゃ、目的は達成したことになる」

春奈が、腕を組んで考える。

「なんか、長さんの言うこと、納得できない。別に、京洛公園じゃなくても、桜が見える近くの居酒屋でも花見できるじゃない」

「その通り。だから、犯人は、縁起を担ぐ人が京洛公園で花見をしないように、噂を流したんだ」

先輩が、方程式を解いていくように、スラスラと犯人像を描いていく。

「さて、ここからが本題だ。犯人は、どうして京洛公園で花見をさせたくなかったか？」

先輩が、質問する。

ぼくは、答えない。下手な考えを言って、先輩の流れるような論理に水を差したくなかったからだ。

でも、そんなデリケートな感性に無縁の春奈が、手を挙げる。

「わかった！　犯人は、清掃業者の人よ！」

春奈は、得意そうに自分の考えを披露する。

「ほら、花見のあとって、すごいゴミじゃない。だから、犯人は少しでも花見のゴミを減らすために、噂を流したのよ」

ぼくは、先輩の顔を見た。

先輩は、目を細めて春奈の推理を聞いている。まるで、できの悪い孫が、下手な絵を見せたときのような顔だ。

「春奈君の考えは、おもしろいね」

やさしい先輩の口調。

「でも、残念だけど、間違ってるよ」

中身は、辛辣《しんらつ》。

「まず、噂を流すことで、どれだけゴミが減るかってことだけど、たいして変わらないんじゃないかな。それに、ゴミの多い少ないに拘《かか》わらず、清掃業者の人は働かないといけないんだからね」

そう言われて、春奈が黙り込んだ。

でも、まだ目が死んでない。何かを考えてる目だ。

「じゃあ、犯人は、花見の騒音に腹を立ててる近所の人！」

春奈、復活。また手を挙げて、元気に叫ぶ。

「きっと、浪人生なのよね。集中して勉強してるのに、窓の外からは、花見で賑わう声が聞こえてくる。やかましくて、勉強なんかできたもんじゃないわ」

「残念だけど、それも違うだろうね」

先輩が、バッサリ斬り捨てる。

「この時期、入試は終わってるよ」

「じゃあ……病気で寝てる人とか、小さな赤ん坊が家にいる人とか……」

フル回転する春奈の頭。

でも、先輩は、すべてに首を横に振る。

「春奈君の推理は、次の事実で、すべて崩れるよ。すなわち、京洛公園の近くに民家はないってこと」

がっくりと、春奈の肩が落ちた。

「きみたちは、大事なことを見落としている。すなわち、この噂は、今年だけのものだってこと。去年も一昨年も——今まで、こんな噂はなかった」

「……」

「そこで、今年と例年の違いを考えてみると、一つ見えてくるものがある」

先輩が、タバコをもみ消した。

「それは、今年は桜の開花が早いってことだよ」

……わからない。

桜の開花が早い――それが、いったい何の関係があるっていうんだろう？

「犯人は、去年の四月に社会に出た、新社会人一年生だよ」

え？

ぼくは、先輩の話についていけなかった。

一段ずつ下りていた階段を、踏み外して一気に落ちてしまったような気分だ。

春奈も同じような顔をしている。

でも、先輩は、ぼくら二人に構わず、話を続ける。

「犯人――話しやすいように、A君としようか。A君は、去年の春に学校を卒業して、社会人になった。希望に燃える春だね。A君は、早く一人前になろうと、先輩の言うことを聞き、仕事の手順を学び、頑張った。いろんな夢を持って、頑張った。でも――」

先輩が、声を落とす。

「社会は、学校とは違う。いろんな納得できないことも出てくる。上司の理不尽な命令。取引先からの無茶な要求。労働基準法を無視した勤務時間。納得できないことを言われても、我慢するしかない。今までは、殴り合いのケンカもできただろう。でも、社会に出てそんなことをしていたら、つまはじきだ」

具体的な先輩の話。

まるで、自分が体験してきたみたいに話す。不思議だ……。

大学以外の世界を知らない先輩が、どうして知ってるんだろう?

「仕事上のことなら、我慢もできた。だけど、仕事以外でも無茶な要求が出てくる。酒の付き合い、休日の接待、上司への付け届け……。そんな中の一つに、花見の場所取りがあった」

花見の場所取り……。

その言葉が、何かをぼくに思い出させようとしていた。

「段ボールを敷き、寒い中、花見の場所を確保する。とても仕事とは思えないことをしている。でも、先輩社員から、『花見の場所取りは、新入社員の仕事だ!』って言われたら、逆らえない。それに、まだ社会人になって間がない。『先輩の命令は、絶対だ。それに、来年は、次の新入社員に場所取りをさせてやろう!』──そう思って、A君はなんとか我慢して場所取りをすることができた」

「……」

「さて、それから一年近くが過ぎた。A君も、もうピカピカの一年生じゃない。希望に燃えていたのが、だんだん疲れてきている。会社への不満も募ってくる。せめて、休日や夜に、何か気晴らしができればいいんだけど、そんな時間に接待や酒の付き合いが入ってくる。ストレスは、溜《た》まる一方だったろうね」

「そして、冬が終わろうとしている。A君は、去年、花見の場所取りをさせられたことを思い出す。とても理不尽な仕事だったけど、今年は新入社員にやってもらえばいい。それが——」

「……」

今年は、桜の開花が早い。

このままでは、三月中に花見が行われる。そうすれば、場所取りをするのは——。

「A君は、考えた。もう花見の場所取りは、したくない。だけど、このままでは確実に自分が場所取りをしなければならなくなる。そこで、A君は花見が中止になるにはどうすればいいか、考えた。一番いいのは、上司が『花見を中止しよう』って言いだすことだ。そこで、彼は『京洛公園の桜の木の下には、死体が埋まっている』という噂を流した」

もし、上司が縁起を担ぐ人間だったら、怖がりで噂を信じやすいタイプだったら……。

「この計画がうまくいったかどうかは、わからない。興味もないね」

先輩が、新しいタバコに火をつけ、煙を吐き出す。

そして、独り言のように呟《つぶや》く。

「人間、生きていくには、なんらかのストレスがあるものさ。それに押しつぶされるも抵抗するも受け流すも逃げ出すも、すべてはそいつの自己責任。このA君、なかなか頑張ってるよ。心配ないさ」

ぼくは、先輩に訊《き》く。

「先輩は、このA君に心当たりないんですか？」

首を捻る先輩。

「ないな……」

そして、大きく伸びをする。

「それより、冬眠から覚めたんだ。何か、おいしいものでも食べに行こうじゃないか」

先輩に、食事に誘われた。

珍しい……。

そして、さらに珍しいことを言った。

「奢《おご》ってあげるよ。やっぱり、後輩と食事するときは、先輩が出すのが当たり前だろ」

……先輩、冬眠してる間に、脳が腐ってしまったのだろうか？

「本当に、いいんですか？」

先輩が、気にするなというように、右手をヒラヒラさせる。

「当然だよ。その代わり、これから新入生が入ってくるから、今度は、井上君が後輩に奢ってあげるようにね」

「はい！」

ぼくは、大きな声で返事した。

ENDING

四月になった。

ぼくは順調に二年生になった。春奈も、あれだけ講義をサボってるのに、終わってみるとぼくより順調に二年生になった。(なぜだ！)

キャンパスには、ピカピカの一年生があふれている。

でも、今川寮に新入生はなかった。

ロンさんとイチさんが卒業して引っ越していっただけ。

「下宿生が減ると、家賃も考えないといかんな……」

廊下の掃除をしながら、今川さんが恐ろしいことを呟《つぶや》いたりしてる。

そして、一番驚いたことは、長曽我部先輩が文化人類学科の一年生になったってこと。

「いやぁ、自分が何学部の何年生かって忘れちゃってね。調べるのも面倒くさいし、もう一度、一年生から始めようと思ってね」

驚いてるぼくと春奈に、先輩はクリクリした目を向けて言った。

「でも、よく……受かりましたね」

失礼かと思ったけど、ぼくは正直に訊《き》いた。

だって、大学生より現役の受験生の方が、絶対に勉強する時間があると思うから。

「冬眠してる間、退屈だから受験勉強してたんだ。四ヶ月もありゃ、たいていの大学に受かるだけの勉強はできるよ」

化け物だな、この人は……。

「ねぇねぇ、どうして文化人類学科にしたの？」

春奈が訊く。

「きみたちを見てたら、なかなか文化人類学も、おもしろそうだなって思ってね――」

そして、先輩はニヤリと笑った。

「というわけで、よろしく頼むよ。井上先輩、春奈先輩」

ぼくの肩を、ポンと叩《たた》く先輩。

ずっしりと、肩が重くなる。

そういや、三月の終わりに、「先輩は後輩に食事を奢《おご》るのが当然だ」って、長曽我部先輩は力説してたな……。

どんよりしてしまったぼくに、先輩が笑顔で言う。

「ただ、あやかし研究会での立場は、あくまでもおれの方が上なんだからね。そこんとこ、勘違いしないように」

先輩が全身につけてるオカルトグッズが、チャラリと音をたてた。

〈Fin〉

あとがき

どうも、はやみねかおるです。

『僕と先輩のマジカル・ライフ』、いかがだったでしょうか？

少しでも楽しんでいただけたら、作者としてはとてもうれしいです。

☆

本書を書くにあたって、大学生活を過ごした街を取材しました。

約二十年ぶりに訪ねた街は、とても変わっていました。

まず、キャンパスの中を歩いてみました。

教育学部の校舎、空手部の道場、サンドイッチカフェテリア、生協の建物、学生食堂……。見慣れた建物と、学生時代にはなかった新しい建物。

キャンパスを歩いてる学生は、みんなぼくより若くて（当たり前ですね）、輝いていました。

次に、大学周辺を歩きました。

最初に下宿した学生寮は、薄い緑色に塗られた高級学生マンションに替わっていました。

次に下宿した学生寮は、更地になって駐車場になっていました。

よく通ったラーメン屋と定食屋は、シャッターが下りて看板が外されていました。

銭湯と、食料の買い出しに行っていたスーパーマーケットは、大きなマンションに替わっていました。

先輩がバイトしていた駅前の喫茶店は、名前が変わっていました。

とにかく、ぼくたち安下宿生に関わった物が、きれいさっぱりなくなっていました……。

取材用に持っていったデジタルカメラは、一枚も撮影されることがありませんでした。

収穫もなく、歩き疲れたぼくは、大学前のバス停のベンチに腰を下ろしました。

ふと後ろを見ると、コンクリートブロックの壁に街の案内板が掛けてありました。木の枠にトタンを張ってペンキで書かれた物です。

ところどころペンキが剝《は》げ、錆《さび》が浮いた古い案内板を、ぼくは何気なく見てました。

そうしたら、今はなくなってしまった下宿の名前を見つけました。

それだけじゃありません。定食屋もラーメン屋も、銭湯もスーパーマーケットも、みんなその看板に載っていたのです。

ぼくは、指を伸ばし、案内板の道をなぞりました。

「……そうそう、ここにゲームセンターがあって……。さっき見たらコインランドリーになってたけど、ここも空き地だったんだよな……」
昔の街を指でなぞりながら、ぼくは学生時代に戻っていました。
そして、やっとデジカメを使うことができました。

☆

学生時代を過ごした街は、すっかり変わってしまいました。
だから、ぼくはこの本で、昔の街を再現しました。
舞台は現代。でも、街並みは二十年前のものです。（そんなの読んでもわからない？
すみません、ぼくの筆力不足です）

☆

学生時代――『青春』より『貧乏』という言葉がピッタリだった、あの時代。
読者のみなさんは、どんな学生時代を過ごしましたか？
もし神様がいて、
「もう一度、学生時代に戻してやろう」
って言ったら、あなたはどう答えますか？
ぼくなら、少し迷ってから、断るような気がします。

あれほど金と食料に不自由した時代は、もう経験したくありませんね。

☆

登場人物について、少し説明をさせてください。

まず、井上快人と川村春奈について。二人のデビューは、小学校六年生の夏休みです。「天狗《てんぐ》と宿題、幼なじみ」（角川スニーカー文庫『ミステリ・アンソロジーⅣ　殺意の時間割』収録）という話に出てきました。

真面目で融通の利かない快人と霊能力者の春奈のコンビは、大学生になっても変わってません。

次に長曽我部慎太郎先輩について。

彼については、書いてないことが、いっぱいあります。

身につけてる『Ｋ』のペンダントには、どんな意味があるのか？

どうして、オカルトグッズにはまってしまったのか？

新入生の頃は、どんな学生だったのか？

卒業する気持ちはあるのか？

本当に人間なのか？

――そのうち紹介していきたいと思います。

そして、あやかし研究会について。

これは、簡単。『謎』の一言で、説明は終わりです。

☆

では、感謝の言葉を――。

毎度毎度、適切なアドバイスをくれる中村〈燃える一介の書店人〉巧さん。今回もお世話になりました。ぼくの書く物をすべて読んでくれていて、ぼくよりしっかりと覚えてくれている方のアドバイスは、何より貴重です。

角川書店の岡山智子さん。初めてお会いしたのは、まだ二十世紀でしたね。ずいぶんお待たせしましたが、なんとか書き上げることができました。ぼくを見捨てることなく待ち続けてくださったことに、心の底から感謝します。

そして、センスあふれるイラストを描いてくださったゴツボ×リュウジ先生。本当にありがとうございました。ゴツボ先生の描かれる世界、すごくツボにはまってます。これからも、よろしくお願いします。

それから、最後に忘れずに書いておかないといけないことがあります。


本書は、フィクションです。誰が何と言おうと、フィクションです。

「あれ、この場所は？」とか「あれ、この登場人物は？」と、ひっかかる箇所があるかもしれませんが、すべては気のせいです。

特に、はやみねと安下宿で青春を過ごした人たちへ――。どれだけひっかかるところがあっても、この物語はフィクションだからね。

それでも、何か言いたいことがあるのなら、いつでも訪ねてきてください。旨《うま》い酒を用意して待ってます。昔のように、朝まで呑みましょう。


なにより、怒濤《どとう》の四年間を共に過ごした、気持ちのいい奴等に――。

最大限の感謝の気持ちを！

☆

それでは、また別の物語でお目にかかりましょう。それまで、お元気で。
Good Night,And Have A Nice Dream.

はやみねかおる

文庫版のためのあとがき

どうも、児童向け推理小説書きのはやみねかおるです。

角川文庫の読者の皆様、はじめまして。初めての角川文庫登場に、少しばかり緊張しています。

☆

文庫化にあたり、ゲラチェックをしました。

久しぶりに会ったキャラクターについて、一言――。

まず、快人ですが……。妙な奴ですね。

ぼくは、『マジカル・ライフ』を書くにあたって、

「今までにない真面目なキャラを出そう！」

と、強く決心しました。

なぜかというと、

「はやみねの話には、常識のない奇妙な登場人物しか出てこない」

と言われたからです。

それで、できあがったのが快人だったのですが、なぜか、過去最高に奇妙なキャラクターになってしまいました。

いったい、どこで間違えたのか……。

次に、春奈です。彼女については、「あれっ?」と思いました。ぼくの頭の中では、春奈は、もっと自由奔放に霊能力を使っていたような気がしたからです。

この段階では、まだまだ霊能力という異端の力に縛られてるようですね。

で、長曽我部先輩ですが……ここまで人間離れしてるキャラだったとは……。
☆

当初、この『僕と先輩のマジカル・ライフ』は、シリーズを予定してました。

しかし、仕事は人一倍遅いくせに、他にもシリーズを抱えてるぼくは、なかなか続編を書くことができませんでした。

でも、今、読み返してみて、無性に続きを書きたくて仕方がありません。

何より、長曽我部先輩の謎に関して書きたいです。

どうして『K』のペンダントをつけているのか?

胸に描かれてる紋様の意味。(それはそうと、誰が描き直してくれてるんだ?)

まだまだ書かなければいけないことを、書いてません。

スケジュールを調整して、書く時間を作ろうと思ってます。

☆

最後になりましたが、文庫化に当たり、とてもお世話になった編集の坂本浩一さんと校正者の方――ありがとうございました。（ジムニー360に、空冷エンジンのものがあるとは知りませんでした。とても勉強になりました）

そして、解説を書いてくださった恩田陸先生、ありがとうございました。

教師を辞めたとき、ぼくの某担当編集さんが、「専業作家になって、執筆量が増えるなんて珍しいんですよ。ぼくが知ってる範囲では、増えたのは恩田先生だけです」と言ってました。それ以来、恩田先生は、『大好きな作家』につけくわえて、『見習わなければならない作家』＋『尊敬する作家』になりました。

そして、ソフトカバー版や、この文庫版で『マジカル・ライフ』を読んでくださった方々へ。

本当にありがとうございました。

いつになるかわかりませんが、『僕と先輩のマジカル・ライフ2』が書けたときは、また読んでやってください。

☆

では、またお目にかかれる時を楽しみにしています。
それまでお元気で——。

Good Night, And Have A Nice Dream！

はやみねかおる

【はやみねかおる　作品リスト】

２００６．12月現在

◆角川書店

『青に捧げる悪夢』収録作　「天狗と宿題、幼なじみ」　２００５年　３月刊

◆角川文庫

『僕と先輩のマジカル・ライフ』　２００６年　12月刊

◆講談社　青い鳥文庫

『怪盗道化師《ピエロ》』　２００２年　４月刊

『バイバイスクール　学校の七不思議事件』　１９９６年　２月刊

『オタカラウォーズ　迷路の町のＵＦＯ事件』　２００６年　２月刊

『あなたに贈る物語《ストーリー》』収録作　「少年探偵ＷＨＯ《フー》　魔神降臨事件」　２００６年　11月刊

〈名探偵夢水清志郎事件ノートシリーズ〉

『そして五人がいなくなる』　１９９４年　２月刊

『亡霊《ゴースト》は夜歩く』　１９９４年　12月刊

『消える総生島』　１９９５年　９月刊

『魔女の隠れ里』　1996年　10月刊
『踊る夜光怪人』　1997年　7月刊
『機巧館《からくりやかた》のかぞえ唄』　1998年　6月刊
『ギヤマン壺の謎』　1999年　7月刊
『徳利長屋の怪』　1999年　11月刊
『人形は笑わない』　2001年　8月刊
『「ミステリーの館」へ、ようこそ』　2002年　8月刊
『あやかし修学旅行　鵺のなく夜』　2003年　7月刊
『笛吹き男とサクセス塾の秘密』　2004年　12月刊
『ハワイ幽霊城の謎』　2006年　9月刊
〈怪盗クイーンシリーズ〉
『怪盗クイーンはサーカスがお好き』　2002年　3月刊
『怪盗クイーンの優雅な休暇《バカンス》』　2003年　4月刊
『怪盗クイーンと魔窟王の対決』　2004年　5月刊
『いつも心に好奇心《ミステリー》!』収録作　「怪盗クイーンからの予告状」　2000年　9月刊
〈夢水清志郎&怪盗クイーン〉
『オリエント急行とパンドラの匣《ケース》
～名探偵夢水清志郎&怪盗クイーンの華麗なる大冒険～』　2005年　7月刊

『おもしろい話が読みたい！ 白虎編』収録作「出逢い＋1《プラスワン》」2005年 7月刊

◆講談社文庫
〈名探偵夢水清志郎事件ノート〉
『そして五人がいなくなる』2006年 7月刊

◆講談社ノベルス
〈虹北商店街シリーズ〉
『少年名探偵 虹北恭助の冒険』2000年 7月刊
『少年名探偵 虹北恭助の新冒険』2002年 11月刊
『少年名探偵 虹北恭助の新・新冒険』2002年 11月刊
『少年名探偵 虹北恭助のハイスクール☆アドベンチャー』2004年 11月刊

◆講談社 YA！ ENTERTAINMENT
『都会《まち》のトム＆ソーヤ①』2003年 10月刊
『都会《まち》のトム＆ソーヤ②』2004年 7月刊
『都会《まち》のトム＆ソーヤ③』2005年 4月刊
『都会《まち》のトム＆ソーヤ④』2006年 4月刊

◆講談社　ミステリーランド
『ぼくと未来屋の夏』　２００３年　10月刊

解説

恩田陸

私は子供が苦手である。面倒くさい。怖い。正直言って、どうやって接したらいいのか分からない。従って、小学校の先生になりたい人、なろうとする人、なっている人を非常に尊敬しているし、なんとまあ奇特な、と不思議にも思っている。だから、同い年のはやみねかおるという人が、小学校の教師をしつつ、子供たち向けに本格ミステリを書いているという話を聞いて奇特の二乗、みたいな印象を受けたことを覚えている。

子供向けの本は難しい。つかみが重要だという点では大人向けの比ではないし、登場人物の不自然さを読者は一目で見破るし、簡潔で、深くて、一撃で真実を突かなければならない。

実は私もぽつぽつ児童文学を書きませんかというお話をいただいているのだが、難しさに尻込《しりご》みして逃げ回っているのが現状である。

本格ミステリは言わずもがな。先人がトリックを書き尽くしているし、さまざまな様式美を要求され、ファンもうるさい、最も縛りの多いジャンルである。

なのに、はやみねかおるはその両方を兼ねているというのである。作家にとっては、二重苦どころか、難しい条件を掛け合わせていることを考えると三重苦といってもいいくらいである。正直、わざわざそんな難しいことしなくてもいいのになあ、と思っていたのだった。

しかも、読んでみるとバリバリの「本格者」なのである。

大掛かりでダイナミックな物理トリックあり、心理トリックあり。極めて真っ当に「本格道」を突き進んでいるのである。はやみねかおる自身が先鋭的な読み手であり、ちゃんと本格ミステリの新しさにも挑み続けている。これは大変なことだ。

そういう作品を子供だけに独占させているのはもったいないなと思っていたら、大人向けの第一作である本書が出た。

筋金入りの「本格者」であるはやみねかおるが本書で扱っているのは、いわゆる「日常の謎」系のミステリである。おさななじみと一緒に入った大学で、風変わりな寮と住人たちに遭遇し、奇妙な事件に出くわす主人公。

読み進むにつれ、私は異様な懐かしさに襲われた。紛れもなくはやみねかおるが同世代であり、同じようなものを読んできたのだと確信させられた。

チャーミングでちょっとエキセントリックな女の子と、図々しくて正体不明の先輩にたかられ、コケにされ、振り回される主人公——そう、私がティーンエイジャーの頃に読んだ少年漫画の馴染み深い構図。

かつて男どうしで運命を切り拓くタイプが王道であり主流だった少年漫画の中に、「不思議な女の子に振り回される受身の主人公」というのが登場したのが私の十代の頃だった。本来主導し、牽引《けんいん》するはずの男の子が「される」側に回ったのが、新鮮であるのと同時に強い共感と魅力を覚えた、当時の感覚が、鮮やかに蘇《よみがえ》ったのである。

そう、はやみねかおるには、人生に対する信頼感とともに、「物語」に対する揺るぎない信頼感があるのだ。それは丁寧で誠実な描写に裏打ちされていて、読む者にもゆったりとした安心感を与えてくれる。

それが、「物語」にすれてしまった、斜に構えた読者（いや、恐らくは作者も）ばかりになってしまった現代に新鮮なのである。かつてお話の続きにわくわくと胸躍らせ、寝食を忘れて本に熱中した頃を思い出させる。

はやみねかおるが名刺代わりに大人に差し出したこの一冊には、まずは大人たちにそういう「信頼」を取り戻させるべく礎石を置いた、という印象がある。

簡単な作業だとは思っていないだろう。けれど、彼はこれまでのように、穏やかに、確実に、ひとつずつ石を積んでいこうと考えているはずだ。

むろん、この誠実な物語にも、そこここにほろ苦さは覗《のぞ》いている。ジュヴナイルでも『虹北恭助《こうほくきょうすけ》の冒険』のように、不登校の大人びた少年を据えた成長小説あたりからその予感はしていたが、これからゆっくりと舵《かじ》を切って、そのほろ苦さを小説の中で育てていくのではないかという予感がする。それは、はやみねかおるが大人たちに向けた小説を書くのとリアルタイムで進行するのではなかろうか。

どこに進むのもはやみねかおるの自由だけれども、はやみねかおると同じ一《いち》「本格者」としては、大掛かりなトリックを扱った、バリバリの本格長編ミステリも是非書いていただきたい。館《やかた》もの、孤島もの、大歓迎です。何卒《なにとぞ》、よろしく。

本書は二〇〇三年一二月に小社より刊行された単行本を文庫化したものです。

僕《ぼく》と先《せん》輩《ぱい》のマジカル・ライフ

はやみねかおる

角川文庫 14514

平成十八年十二月二十五日　初版発行
平成二十二年六月三十日　七版発行

発行者―井上伸一郎
発行所―株式会社角川書店
東京都千代田区富士見二―十三―三
電話・編集（〇三）三二三八―八五五五
〒一〇二―八〇七八

発売元―株式会社角川グループパブリッシング
東京都千代田区富士見二―十三―三
電話・営業（〇三）三二三八―八五二一
〒一〇二―八一七七
http://www.kadokawa.co.jp

印刷所―旭印刷　製本所―BBC
装幀者―杉浦康平

は 34-1　ISBN978-4-04-383901-8　C0193

角川文庫発刊に際して

角川源義

第二次世界大戦の敗北は、軍事力の敗北であった以上に、私たちの若い文化力の敗退であった。私たちの文化が戦争に対して如何に無力であり、単なるあだ花に過ぎなかったかを、私たちは身を以て体験し痛感した。西洋近代文化の摂取にとって、明治以後八十年の歳月は決して短かすぎたとは言えない。にもかかわらず、近代文化の伝統を確立し、自由な批判と柔軟な良識に富む文化層として自らを形成することに私たちは失敗して来た。そしてこれは、各層への文化の普及滲透を任務とする出版人の責任でもあった。

一九四五年以来、私たちは再び振出しに戻り、第一歩から踏み出すことを余儀なくされた。これは大きな不幸ではあるが、反面、これまでの混沌・未熟・歪曲の中にあった我が国の文化に秩序と確たる基礎を齎らすためには絶好の機会でもある。角川書店は、このような祖国の文化的危機にあたり、微力をも顧みず再建の礎石たるべき抱負と決意とをもって出発したが、ここに創立以来の念願を果すべく角川文庫を発刊する。これまで刊行されたあらゆる全集叢書文庫類の長所と短所とを検討し、古今東西の不朽の典籍を、良心的編集のもとに、廉価に、そして書架にふさわしい美本として、多くのひとびとに提供しようとする。しかし私たちは徒らに百科全書的な知識のジレッタントを作ることを目的とせず、あくまで祖国の文化に秩序と再建への道を示し、この文庫を角川書店の栄ある事業として、今後永久に継続発展せしめ、学芸と教養との殿堂として大成せんことを期したい。多くの読書子の愛情ある忠言と支持とによって、この希望と抱負とを完遂せしめられんことを願う。

一九四九年五月三日

角川文庫ベストセラー

死者の学園祭　赤川次郎

立入禁止の教室を探検する三人の女子高生。彼女たちは背後の視線に気づかない。そして、一人一人、この世から消えていく……。傑作学園ミステリー。

三毛猫ホームズの〈卒業〉　赤川次郎

新郎新婦がバージンロードに登場した途端、映画〈卒業〉のように花嫁が連れ去られて殺される表題作の他、4編を収録した痛快連作短編集!!

闇に消えた花嫁　赤川次郎

悲劇的な結婚式から、事件は始まった……。女子大生・亜由美と愛犬ドン・ファンの活躍で、明らかになる意外な結末は果たして……!?

バッテリー　あさのあつこ

天才ピッチャーとして絶大な自信を持つ巧に、バッテリーを組もうと申し出る豪。大人も子どもも夢中にさせた、あの名作がついに文庫化!

バッテリーII　あさのあつこ

中学生になり野球部に入った巧と豪。二人を待っていたのは、流れ作業のように部活をこなす先輩達だった。大人気シリーズ第二弾!

バッテリーIII　あさのあつこ

三年部員が引き起こした事件で活動停止になった野球部。部への不信感を拭うため、考えられた策とは……。大人気シリーズ第三弾!

ダリの繭《まゆ》　有栖川有栖

ダリの心酔者である宝石会社社長が殺され、死体から何故かトレードマークのダリ髭が消えていた。有栖川と火村がダイイングメッセージに挑む!

角川文庫ベストセラー

海のある奈良に死す　有栖川有栖

〝海のある奈良〟と称される古都・小浜で、作家有栖川の友人が死体で発見された。有栖川は火村とともに調査を開始するが…!? 名コンビの大活躍。

朱色の研究　有栖川有栖

火村は教え子の依頼を受け、有栖川と共に二年前の未解決殺人事件の解明に乗り出すが…。現代のホームズ&ワトソンによる本格ミステリの金字塔。

後鳥羽伝説殺人事件　内田康夫

古書店で見つけた一冊の本。彼女がその本を手にした時、〝後鳥羽伝説〟の殺人劇の幕は切って落とされた！　華麗なる名探偵浅見光彦が誕生！

本因坊殺人事件　内田康夫

鳴子温泉で高村本因坊と浦上八段とで争われた「天棋戦」。タイトルを失い高村は水死体で発見される。観戦記者近江と天才棋士浦上が事件に挑む。

平家伝説殺人事件　内田康夫

銀座ホステス・萌子は、三年間で一億五千万になる仕事という言葉に誘われ、偽装結婚をするが…。浅見光彦シリーズ最強のヒロイン佐和が登場！

多重人格探偵サイコ
雨宮一彦の帰還　大塚英志

一九七二年、軽井沢の山荘で暴発した革命運動の最後の生き残りが、警視庁キャリア・笹山徹に遺した奇妙な遺言。ルーシーとは誰なのか…。

多重人格探偵サイコ
小林洋介の最後の事件　大塚英志

恋人の復讐のため連続殺人犯を射殺した刑事・小林洋介の内部に新たに生まれた幾多の人格は暴走するのか…。

角川文庫ベストセラー

多重人格探偵サイコ 西園伸二の憂鬱　大塚英志

刑事・小林洋介の内部に生まれた新たな人格、それを人は「多重人格探偵・雨宮一彦」と呼び、恐怖した。雨宮に救いはあるのか？

GOTH《ゴス》 夜の章　乙一

連続殺人犯の日記帳を拾った森野夜は、死体を見物に行こうと「僕」を誘う…。本格ミステリ大賞に輝いた出世作。「夜」を巡る短篇3作収録。

GOTH《ゴス》 僕の章　乙一

世界に殺す者と殺される者がいるとしたら、自分は殺す側だと自覚する「僕」は森野夜に出会い変化していく。「僕」に焦点をあてた3篇収録。

800　川島誠

まったく対照的な二人の高校生が800mを走り、競い、恋をする――。型破りにエネルギッシュなノンストップ青春小説！（解説・江國香織）

セカンド・ショット　川島誠

淡い初恋が衝撃的なラストを迎える幻の名作「電話がなっている」をはじめ、思春期の少年がもつ素直な感情が鏤められたナイン・ストーリーズ。

もういちど走り出そう　川島誠

インターハイ三位の実力を持つ元400mハードル選手が順調な人生の半ばで出逢った挫折と再生を、繊細にほろ苦く描いた感動作。（解説・重松清）

覆面作家は二人いる　北村薫

姓は《覆面》、名は《作家》。二つの顔を持つ新人作家が日常に潜む謎を鮮やかに解き明かす――弱冠19歳のお嬢様名探偵、誕生！

角川文庫ベストセラー

覆面作家の愛の歌　北村　薫

きっかけは、春のお菓子。梅雨入り時のスナップ写真。そして新年のシェークスピア…。三つの季節の、三つの謎を解く、天国的美貌のお嬢様探偵。

覆面作家の夢の家　北村　薫

「覆面作家」こと新妻千秋さんは、実は数々の謎を解いてきたお嬢様探偵。今回はドールハウスで起きた小さな殺人に秘められた謎に取り組むが…⁉

北村薫の本格ミステリ・ライブラリー　北村　薫編

北村薫が贈る本格ミステリの数々！　名作クリスチアナ・ブランド「ジェミニー・クリケット事件（アメリカ版）」などあなたの知らない物語がここに！

冬のオペラ　北村　薫

名探偵に御用でしたら、こちらで承っております。真実が見えてしまう名探偵・巫弓彦と記録者であるわたしが出逢う哀しい三つの事件。

謎物語　あるいは物語の謎　北村　薫

落語、手品、夢の話といった日常の話題に交えて謎を解くことの楽しさ、本格推理小説の魅力を語る北村ミステリのエキスが詰まったエッセイ集。

壺中の天国　倉知　淳

静かな地方都市で起きる連続通り魔殺人。犯行ごとにバラ撒かれる自称「犯人」からの怪文書。果たして犯人の真の目的は？

RIKO―女神《ヴィーナス》の永遠―　柴田よしき

巨大な警察組織に渦巻く性差別や暴力。刑事・緑子《りこ》は女としての自分を失わず、奔放に生き、敢然と事件を追う！　第十五回横溝正史賞受賞作。